KB112388

끝나지 않은 무서운 이야기

오싹한 공포의 세계에서 온 초대장

오싹한 공포의 세계에서 온 초대장

끝나지 않은
무서운 이야기

초판 1쇄 발행 | 2017년 8월 11일
초판 7쇄 발행 | 2024년 1월 22일

엮은이 | 비명소리가득한방
펴낸이 | 박영욱
펴낸곳 | (주)북오션

주　소 | 서울시 마포구 월드컵로 14길 62 북오션빌딩
이메일 | bookocean@naver.com
네이버포스트 | post.naver.com/bookocean
페이스북 | facebook.com/bookocean.book
인스타그램 | instagram.com/bookocean777
유튜브 | 쏠쏠TV · 쏠쏠라이프TV
전　화 | 편집문의: 02-325-9172　　영업문의: 02-322-6709
팩　스 | 02-3143-3964

출판신고번호 | 제 2007-000197호

ISBN 978-89-6799-332-0 (03810)

이 도서의 국립중앙도서관 출판예정도서목록(CIP)은 서지정보유통지원시스템
홈페이지(http://seoji.nl.go.kr)와 국가자료공동목록시스템
(http://www.nl.go.kr/kolisnet)에서 이용하실 수 있습니다.
(CIP제어번호: CIP2017016571)

끝나지 않은 무서운 이야기

오싹한 공포의 세계에서 온 초대장

북오션

대한민국을 떨게 한 공포가 온다!

"상상 속의 공포는 현실 속의 공포보다 더 크다."

_윌리엄 셰익스피어(William Shakespeare)

《끝나지 않은 무서운 이야기》는 현대적 감각과 우리 정서에 맞는 이야기를 담아 짜릿한 전율과 오싹함을 선사한다. 우리 주변에서 마주할 수 있는 상황에서 공포의 속성을 포착했다. 예컨대 대학생들의 MT에서 벌어진 일, 휴대전화 때문에 일어나는 무서운 사건, 꿈속에서 마주치는 공포, 혼자만의 특정 공간에서 일어나는 무시무시한 상황은 누구나 한 번쯤은 상상해보고 들어봤을 이야기이다.

이 책은 친근한 일상을 공포의 초점에 맞추었다. 이 점이 독자들을 더욱 자극한다. 책을 읽는 동안에도 섬뜩한 느낌이 들지만, 책장을 덮고 난 후에도 좀처럼 소름이 가시지 않는다. 책 속의 상황을 한 번 더 생각해보고 무섭고 끔찍한 상황을 머릿속으로 그려보게 되기 때문이다. 활자를 통한 간접경험을 뛰어넘어 독자는 실제로 체험하는 것 같은 무서운 공포를 경험하게 된다. 잊어버리려 해도 머릿속에서 계속 맴돌고 떠오를 때마다 소름끼치는 것이야말로 진정한 공포가 아닐까?

이 책에 수록된 이야기는 일상의 언어로 한 편 한 편이 짤막하게 서술되었다. 상황 전개에 대한 몰입도를 높이면서 속도감 있게 공포의 순간을 향해 치닫는다. 다양한 소재에서 흥미를 끌고 읽을거리를 더한다.

크고 작은 차이가 있을 뿐, 사람은 누구나 '공포'를 느낀다. 공포는 묘한 쾌감을 선사하며 스트레스를 줄여준다. 우리가 공포영화와 공포소설에 관심을 갖는 이유다.

이 책은 당신의 무의식 어딘가에 잠재해 있는 두려움을 끄집어내 특별한 공포를 경험하게 해줄 것이다. 진정한 공포를 느껴보고 싶은가? 오싹오싹 소름이 쫙 끼치고, 눈을 감으면 더욱 선명해지는 무서운 이야기를 만나보자!

비명소리가득한방

머리말
대한민국을 떨게 할 공포가 온다!

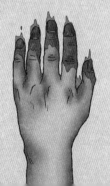

PART 1

공포의 냄새가
진동하는 밤

수레 끄는 노인

최근 과도한 업무로 인해 피로가 누적된 미희는 빠른 걸음으로 지하철역으로 향했다. 어느새 시간은 11시가 지났다. 빨리 집에 가서 쉬고 싶은 마음이 간절했다.

미희가 개찰구에 교통카드를 대는데 막차를 알리는 방송이 나왔다. 미희는 부리나케 지하도를 뛰어 내려갔다. 열대야가 기승을 부리고 있어 땀이 비 오듯 했지만, 지하철을 놓치면 택시를 타야만 했다. 회사에서 집까지 택시를 타려면 마음을 단단히 먹어야 할 만큼 지출이 컸다. 다행히 미희는 막차를 탈 수 있었다.

하지만 퇴근길은 만만치 않았다. 미희네 집은 지하철역에서 마을버스를 타고 대여섯 정거장을 가야 했다. 하지만 마을버스는 이미 끊겨 있었다. 택시를 타도 부담 없는 거리였지만, 오늘따라 빈 택시는 보이지 않았다.

'이럴 줄 알았으면 회사 근처 찜질방에서 자는 건데…….'

뒤늦게 후회가 밀려들었지만 이미 엎질러진 물이었다. 이를 악물고 집으로 걸어가는 수밖에 없었다. 너무 피곤한 미희는 평소 자신이 가지 않은 골목으로 들어섰다. 그 길은 집에 더 빨리 갈 수 있는 지름길이었지만, 가로등 불빛도 너무 약하고 인적이 드물어서 평소 가지 않는 곳이었다. 하지만 조금이라도 빨리 집에 들어가 잠자리에 눕고 싶었다.

길을 걷던 중 미희는 저 앞에서 걷고 있는 할아버지를 발견했다. 할아버지는 등 뒤로 수레를 끌고 있었는데, 힘이 부치는지 발걸음이 무거워 보였다.

'이렇게 늦은 시간에 뭘 저렇게 힘들게 끌고 가는 거지?'

어쨌든 미희는 혼자 가기 무서웠는데 잘됐다는 생각이 들었다. 적당히 간격을 두고 할아버지를 따라 걸어갔다. 하지만 할아버지의 걸음이 워낙 느려 미희는 얼마 가지 않아 할아버지를 따라 잡았다. 가까이에서 언뜻 본 수레에는 아무것도 없었다.

'뭐야, 무거운 짐이라도 끌고 가시는 줄 알았네. 근데 빈 수레를 왜 저렇게 힘겹게 끌고 가는 거지?'

그제야 인기척을 느꼈는지 할아버지는 걸음을 멈추고 미희를 쳐다보았다. 어둠 속에서도 눈빛이 부담스러울 정도로 날카롭게 느껴졌다. 미희는 순간 움찔했지만 상대는 힘없는 할아버지였다. 정신을 가다듬고 할아버지에게 말을 건넸다.

"할아버지, 이렇게 늦은 시간에 수레를 끌고 어딜 가세요?"

"……."

할아버지는 말없이 고개를 돌리더니 다시 수레를 끼끽거리며 끌고 가기 시작했다. 안쓰러운 마음이 생긴 미희는 피곤한 몸도 잊은 채 뒤에서 수레를 밀어주기 시작했다. 할아버지는 뒤도 돌아보지 않고 수레 끄는 일에만 열중했다. 수레를 밀고 가다 보니 어느새 갈림길이 나왔다. 그 길에서부터는 가로등 불빛도 밝고, 늦은 밤에도 오가는 사람을 심심찮게 만날 수 있었다.

가로등 불빛 아래로 지나가다가 미희는 그 자리에서 얼어붙고 말았다. 할아버지가 끄는 수레는 비어 있지 않았다. 사람 시체가 산더미처럼 쌓여 있었다. 시체들은 죄다 팔이나 다리가 잘려 있거나 머리가 없었다. 미희의 속마음을 읽었는지 할아버지는 수레를 멈추었다. 그러곤 미희를 향해 미소를 지으며 말했다.

"아가씨는 어디로 가?"

입도 벙긋 할 수 없는 미희는 오른쪽 길로 겨우 눈동자를 굴렸다.

"그래? 잘 가. 밀어줘서 고마워."

할아버지는 수레를 끌고 왼쪽 길로 갔다. 수레 위에는 여전히 시체들이 쌓여 있었다.

미희는 수레가 사라지자마자 오른쪽 길로 미친 듯이 뛰기 시작했다. 자기가 뛰고 있는지, 숨은 제대로 쉬고 있는지 의식조차 할 수 없었다.

마침 집 안에서는 부모님이 TV로 마감뉴스를 시청하고 있었다.

"미희야, 너 왜 그러니? 무슨 일 있어?"

부모님은 사색이 되어 집 안으로 달려드는 미희를 보며 깜짝 놀랐다.

미희는 무의식적으로 TV 화면을 보았다. 또랑또랑한 목소리의 아나운서가 뉴스를 전하고 있었다. 화면 왼쪽 위로 조금 전에 보았던 할아버지의 얼굴이 보였다.

"30여 년 전 전국을 공포로 몰아넣었던 연쇄살인범 A 씨가 68세를 일기로 ○○교도소에서 생을 마감했습니다. A 씨는 오늘 오전 10시……."

살기 가득했던 할아버지의 눈빛과 수레에 가득했던 시체가 떠올라 미희는 다시 한 번 전율했다.

물속의 검은 잡초

    강원도에서 매일 스트레스 받으며 갓 일병으로 군생활을 하던 여름, 나를 괴롭힌 것은 장마였다. 그해 장마는 비가 아니라 물폭탄이라는 말이 맞을 정도로 엄청나게 내렸다. 주변 마을에 홍수가 벌어지는 일이 예사였다. 산사태 난 곳을 임시로 복구하고, 제방 둑을 보완하기 위해 이리저리 움직이면서 몸은 더욱 고달팠다.

    드디어 지긋지긋하던 비가 그쳤다. 마을에서는 소방대가 분주히 복구 작업을 하고 있었지만, 인력이 부족해 군부대도 투입되었다. 자연재해가 있을 때마다 소방대와 군부대가 같이 움직일 때가 많아서 평소에도 소방대와 군부대는 친하게 지냈다.

    우리에게 주어진 임무는 실종자, 즉 시체를 찾는 일이었다.

비는 그쳤지만, 마을 곳곳은 여전히 땅인지 강인지 구분을 못할 정도로 물바다가 되어 있었다. 우리는 병장과 일병 2인 1조로 시체를 찾으러 다녔다.

매일 똑같은 코스를 돌며 잡초들을 헤쳐 나갔다. 그러던 4일째 되는 날. 잡초라고 하기에는 너무 검어 보이는 풀이 눈에 띄었다. 보트를 타고 천천히 다가가는데 등골이 오싹했다. 아무래도 사람 머리카락 같았다. 하지만 같이 보트를 타고 간 병장은 그때까지도 그 사실을 모르는 듯했다.

그때까지 나는 물에 빠져 죽은 시체는커녕 시체를 한 번도 본 적이 없었다. 나는 긴가민가하면서 병장에게 저 앞에 시체가 있는 것 같다고 말했다.

"시…… 시체……. 어…… 어디?"

"저기 저 앞에 말입니다."

나는 노를 저어 조금 더 다가가면서 손가락을 가리켰다. 병장은 당황한 빛이 역력하더니 잠시 뒤 아무렇지 않게 말했다.

"저거 시체 아니야, 그냥 가자."

"사람 머리카락 아닙니까? 검은 잡초는 없지 않습니까?"

그러자 병장은 나에게 욕설을 퍼붓고 난리를 피웠다. 평소에도 후임들을 잘 놀리고 괴롭히는 병장이었지만, 보트 위에서 행동이 왠지 과장되어 있었다. 그가 하도 성화를 부리는 통에 나는 보트를 돌려 그곳에서 벗어났다.

보트를 타고 그곳에서 멀어지자 병장이 아까는 미안했다는 뜻밖의 말을 했다. 그러곤 당황한 것인지 겁먹은 것인지 평소와 달리 멍한 표정을 짓고 아무 말이 없었다.

우리는 이동하다가 소방관들을 만났다. 잠시 쉬어갈 겸 같이 담배를 피웠다. 나는 조금 전 보았던 검은색을 띤 잡초에 대해 이야기했다. 한 소방관이 위치가 어디냐고 묻기에 주변의 지형을 기억나는 대로 설명했다. 집결지로 돌아온 병장과 나는 복구 작업에 투여되었다. 머릿속에 뭔가 찜찜함이 남았지만 강도 높은 노동을 하고 보니 오전의 일은 깨끗이 잊어버렸다.

다음 날, 아침부터 수색 작업을 나갔다. 그런데 현장 분위기가 이상했다. 어제 소방관 하나가 수색작업 중 실종되었다는 이야기를 들었다. 순간 망치로 머리를 얻어맞은 기분이었다. 더 자세히 물어보니 그 소방관은 어제 담배를 피우면서 나에게 '검은 잡초'에 대해 이야기를 듣고 찾아간 사람이었다. 어제 같이 작업을 했던 병장이 어디에선가 나타나 나를 한쪽 구석으로 데리고 갔다. 병장의 안색이 눈에 띄게 창백했다.

"야, 너 어제 그거, 사람 시체 확실했어? 그 시체 얼굴 봤냐고?"

"아…… 아뇨, 머리카락 같은 것만 보였습니다."

"그치? 얼굴은 안 보이고 머리카락만 보였지?"

나는 왜 그러냐고 물었지만, 병장은 대답하지 않았다. 한참 후 그가 입을 열었다.

"우리 집이 점이나 미신을 잘 믿는 편이야. 고모도 점쟁이고. 고등학교 때 우리 집 앞에 강이 있었는데, 사람이 자꾸 빠져 죽어서 고모가 굿을 한 적이 있어. 근데 굿을 하고 나서 고모가 나한테 그러더라. 개울이나 강에서 사람 시체 보면 절대 건드리지 말라고."

나는 수색 작업을 해야 하는데, 어떻게 건드리지 않고 시체인지 아닌지를 확인하느냐고 물었다. 그랬더니 병장은 물속에 시체가 어떻게 떠 있는지 봐야 한다고 했다. 사람의 시체는 얼굴이 보일 정도로 비틀어져 있거나 옆으로 떠 있다고 했다. 또한 물속에서는 곧게 서 있을 수도 없고, 일자로 떠 있을 수도 없다고 했다. 그런데 어제 내가 본 것은 형체가 드러나지 않은 머리카락뿐이었다. 나는 그럼 어제 본 건 무엇이냐고 물었다.

"물귀신이야!"

그 순간 소름이 쫙 끼쳤다. 그 병장은 '검은 잡초'의 정체를 의심하고 나에게 과한 행동을 보이며 그것을 피한 것이다. 물 귀신은 지상에서 죽은 귀신과는 달리 하늘로 못 올라가는데, 자기 자리를 채워놓으면 올라갈 수 있다고 한다. 자기가 궁지에 빠졌을 때 다른 사람까지 끌고 들어가는 사람을 '물귀신'이라고 은유적으로 표현하는 이유도 여기에 있다고 했다.

소방관은 최종적으로 실종처리 되었다. 해마다 그 동네에서는 익사사고가 나고 있다.

언니, 조금만
더 먹어도 돼?

10년 전, 내가 고등학교 1학년 때 있었던 일이다. 시골에 계시는 할머니가 많이 편찮으시다는 연락을 받았다. 마침 여름방학 중이었던 나는 부모님과 함께 할머니 댁으로 내려갔다.

할머니 댁은 깊은 산골에 있었다. 고속도로를 지나 구불구불한 국도를 달려 5시간이 지나서야 아빠가 운전한 차는 할머니 댁에 도착할 수 있었다. 할머니는 제대로 걷지도 못하실 만큼 편찮으셨다. 도착하자마자 엄마와 아빠는 할머니를 모시고 병원으로 가셨다. 나는 아홉 살인 사촌동생 수미와 집에 남았다.

지난해 고모와 고모부가 교통사고로 돌아가신 후 수미는 할머니와 살게 되었다. 할머니가 몸이 편찮으신 것도 갑작스럽게 세상을 떠난 딸 내외에 대한 가슴앓이가 컸다. 할머니의 염려와 달리 수미는 구김살이 없었다. 하지만 또래 친구가 없는 산골에서 살다 보니 내가 찾아오는 걸 무척이나 반겼다.

"언니~ 왜 이제 왔어. 얼마나 보고 싶었는데."

"응, 고등학생이 되니까 정신없이 바빴어. 수미야, 그동안 잘 지냈어?"

"응."

수미는 내 허리를 꼭 껴안으며 말했다.

"언니! 심심한데 우리 놀러 가자."

오랜 시간 차를 타고 와서 피곤했지만, 어린 동생의 부탁을 거절하기가 힘들었다. 어두워지기 전에 집으로 돌아오기로 약속하고, 나는 수미를 따라 길을 나섰다. 수미는 나를 개울가로 데려갔다. 우리는 그곳에서 물장난을 했다. 어린아이가 된 듯 나는 시간이 가는 줄도 모르고 물놀이에 흠뻑 빠졌다.

두어 시간이나 흘렀을까? 하늘이 어둑어둑해지기 시작했다.

"수미야, 그만 가자."

"응. 참! 언니. 우리 내려가기 전에 저 집에 잠깐 들렸다 가자."

수미가 가리킨 곳을 보았더니 저기가 사람 사는 집인가 싶을 만큼 다 쓰러져가는 집이었다.

"저 집에 내 친구가 살아. 근데 걔는 맨날 혼자 있어. 너무 안쓰러워서 내가 찾아가서 놀다가 와. 할머니한테 비밀로 하고. 언니도 오늘 같이 가자."

마침 그 집은 할머니 댁으로 내려가는 길에 있어 수미와 가보기로 했다. 가까이 가보니 그곳은 사람이 살지 않는 폐가였다. 순간 섬뜩했지만, 아무렇지도 않게 집 안으로 들어가는 수미를 따라갈 수밖에 없었다. 그런데 수미는 마루로 올라가더니 반쯤 열린 방문을 향해 뭐라고 수군대는 것이 아닌가? 중간중간 수미는 키득거리기도 했다. 나는 왠지 머리카락이 주뼛 설 것처럼 불안했다. 선뜻 수미가 있는 곳으로 가기가 꺼려졌다.

"수미야, 그만 집으로 가자. 외삼촌, 외숙모가 할머니 모시고 집에 오셨을지도 모르잖아."

그러자 수미는 누군가에게 말을 하는 것처럼 뭐라고 중얼거리더니 곧 순순히 집 밖으로 나왔다. 나는 동생의 이상한 행동을 부모님께 말씀드려야 할지 말아야 할지 고민했다. 그러다 수미가 자꾸 뒤를 돌아보는 것 같아 나도 모르게 고개를 뒤로 젖혔다. 스무 걸음쯤 떨어진 곳에 어느 여자아이가 보였다. 나는 놀라서 그 아이에게 물었다.

"얘, 넌 누구니?"

"⋯⋯."

여자아이는 대답이 없었다. 수미가 끼어들었다.

"언니, 쟤 희숙이야. 아까 저 집에 들어가서 만난 애."

나는 무엇인가 석연찮은 기분이었다. 수미는 그 아이에게 다
가가 이야기를 건네는 듯했고, 둘은 이내 손을 흔들고 헤어졌
다. 희숙이란 아이는 발길을 돌려 폐가 쪽으로 돌아갔다.

우리는 집에 들어왔다. 엄마한테 전화가 왔다. 할머니가 아
무래도 입원을 해야 할 것 같은데, 집에 늦게 들어갈 것 같으
니 서울에서 가져온 먹을거리로 수미와 저녁을 먹으라고 했다.
나는 냉장고를 뒤져 엄마가 놓아둔 소시지를 꺼내고 물에 데쳤
다. 수미와 나는 몫을 나눈 소시지를 각자의 접시에 들고 안방
으로 들어갔다. 나는 좋아하는 드라
마를 보기 위해 TV 앞으로 다가갔
다. 수미는 아랫목에서 소시지를 먹
으며 일기를 쓰고 있었다.

여름이었지만, 산골이라서 그런지 9시도
안 되었는데 깊은 밤처럼 느껴졌다.
수미는 자기 몫의 소시지를 다 먹었
는지 조그만 목소리로 내게 물었다.

"언니, 나 소시지 조금만 더 먹으면 안 돼?"

드라마에 열중하고 있던 나는 뒤도 돌아보지 않고 손으로 소시지 하나를 건네주었다. 잠시 뒤 수미는 조심스럽게 또 소시지 하나를 더 먹어도 되느냐고 물었다.

"그래, 하나 더 먹어."

조금 전 대답도 안 하고 손으로 소시지를 건네준 게 미안해서 얼른 대답해주었다. 그리고 서로 아무 말 없이 10분 정도 지났을까? 수미가 또 물었다.

"언니, 언니. 이제 소시지 두 개 밖에 안 남았는데 다 먹어도 돼?"

드라마에 집중할 때만 되면 자꾸 말을 거는 수미에게 짜증이 났다. 나는 접시를 건네며 나도 모르게 소리를 높였다.

"그냥 물어보지 말고 다 먹어!"

뒤돌아본 나는 비명도 지르지 못하고 뒷걸음 쳤다. 내 앞에서는 희숙이가 앉아 입맛을 다시면서 수미의 손가락을 잘근잘근 씹어 먹고 있었다.

검은 정장을 입은 남자들

　그날도 야간 자율학습은 10시에 끝이 났다. 아무리 빨리 나가도 버스정류장에 도착하는 시간은 10시 15분이다. 학교 주변에는 유흥가가 많아 취객이 많았다. 더운 여름에 술에 취한 사람들과 같이 버스를 타야 하다니, 생각만 해도 끔찍했다.

　나는 종이 치자마자 서둘러 교실을 빠져나왔다. 조금이라도 사람이 덜 타길 기대하면서…… . 하지만 버스정류장은 많은 사람들로 가득 차 있었다.

　'어휴, 지겨워!'

　하교 전쟁이 시작되었다. 집에 가려면 버스를 두 번 타야 했다. 처음 타는 버스와 두 번째 타는 버스가 노선이 비슷해 환승할 수 있는 정류장이 많았지만, 피곤한 몸으로 버스를 갈아타는 것 자체가 짜증 나는 일이었다. 휴대전화의 음악 볼륨을 한 껏 높였다.

저 멀리서 내가 타야 할 버스가 나타났다. 나는 버스가 과연 어디쯤 설 것인가를 가늠했다.

'이쯤 서 있으면 제일 먼저 탈 수 있겠지?'

버스가 미끄러지듯 내 앞에 섰다.

'와~ 역시 정확해.'

버스에 올라타자 후텁지근한 공기가 밀려왔다. 에어컨이 고 장인 듯했다. 운 좋게 한 자리가 남아 있어 앉을 수 있었다. 나 는 창밖을 바라보며 음악을 들었다.

한참을 달렸을까? 검은 정장을 입은 남자가 창문에 매달려 있는 것이 보였다. 남자는 전혀 힘들지 않은 듯 한 손만 창에 대고 서 있었다. 그 모습이 마치 버스 안에 있는 듯이 편안해 보였다.

'내가 꿈을 꾸는 건가?'

버스 안의 술 냄새 때문에 내가 취한 건지, 아니면 정말로 사 람이 창문에 매달려 있는 건지 나도 제대로 분간할 수 없을 정 도였다.   .

"전부 몇 명이야?"

놀라운 일은 계속해서 벌어졌다. 창 밖에서 남자가 하는 말이 들렸다. 이어폰을 끼고 볼륨을 크게 틀어놓았는데도 내 귀에 남자의 목소리가 똑똑하게 들려왔다. 하도 또렷하게 들려서 나에게 묻는 말인가 싶어 남자를 쳐다보았다. 그런데 남자의 눈동자는 다른 곳을 향해 있었다. 그의 시선을 따라가 보니 똑같은 검은 정장을 입은 또 다른 남자가 버스 안에 있었다.

"59명."

버스 안에 있는 남자가 대답하자 밖의 남자가 나를 바라보면서 말했다.

"쟤는 왜 안 세? 너 일 똑바로 안 할 거야!"

"쟤가 우릴 보고 있는 거 같아서……."

"그래? 일단 알았어. 빨리 상부에 보고해!"

알 수 없는 이야기가 오갔다. 이상한 광경이었다. 창밖을 보니 내려야 할 정류장에서 버스가 막 문을 닫고 출발하려 하고 있었다.

"아저씨, 문 좀 열어주세요."

내 목소리가 너무 컸는지 사람들이 일제히 나를 바라보았다. 나는 최대한 빨리 버스에서 내렸다. 눈앞에서 멀어지는 버스를 보고 그제야 안도의 한숨을 내쉬었다. 그런데 정신을 차려 보니 나는 평소에 내리는 정류장이 아니라 한 정류장 앞에서 내린 것이었다. 하지만 그 정류장에서 환승을 해도 되기 때문에 크게 상관은 없었다.

'근데 그 정장 입은 사람들은 뭐지?'

두 남자의 기묘한 모습을 떠올리고 있는데, 갑자기 멀리서 굉음이 들려왔다. 도로는 순식간에 아수라장이 되었다. 경찰차 서너 대가 지나가고 나서 잠시 뒤 구급차와 소방차가 시끄러운 소리를 내며 지나갔다. 도로는 통제되었다. 차들은 움직이지 않았다. 지칠 대로 지친 나는 길을 건너 빈 택시를 잡아탔다. 조금 돌더라도 이렇게 가는 편이 훨씬 편할 것 같았다.

집에 돌아와 보니 부모님이 심야뉴스를 보고 있었다.

"어머, 보영아! 너 왜 전활 안 받아. 걱정했잖아!"

"별일 없었니? 저 버스, 집에 올 때 네가 타고 다니는 거 아니었어?"

"응? 무슨 버스요?"

뉴스에서는 도저히 믿을 수 없는 상황이 벌어지고 있었다. 한강다리 교각이 하나 무너져 상판이 강에 빠져 있었다. 그 상판에는 버스와 승용차, 트럭이 이리저리 엉켜 있었다.

그 버스는 바로 내가 타고 오던 버스였다.

순간 다리에 힘이 풀렸다. 만약 한 정거장 전에 내리지 않았
다면 나는 어떻게 되었을까? 창문에 매달려 있던 검은 정장을
입은 남자는 누구였을까?

오래된 신문의 예언

과거에 있었던 미스터리한 사건, 사고를 다루는 방송 프로그램의 작가가 된 지 1년째. 오늘도 나는 흥미진진한 실제 사건들을 찾기 위해 도서관으로 향했다. 신문은 내가 태어나기도 전에 일어난 일들을 생생하게 기억하고 있다. 도서관 한쪽에서 묵직한 신문을 꺼냈다. 신문은 살아온 세월의 흔적과도 같은 묵은 먼지들이 풀풀 날리기 시작했다.

"자, 한번 시작해볼까?"

나는 책상에 앉아 심호흡을 한번 하고 천천히 신문을 넘기기 시작했다. 한참을 자료 찾기에 열중하다 보니 눈이 침침했다. 게다가 장맛비 때문인지 몸이 축 처지고 몽롱해서 좀처럼 정신을 집중할 수가 없었다.

'좀 쉬었다 하자.'

자판기에서 커피를 뽑아 들고 담배를 물었다. 담배를 다 피우고 안으로 들어가려고 시계를 보았다.

'뭐야! 벌써 8시? 그새 한 시간이 지났단 말이야?'

시간을 확인한 나는 마음이 다급해지기 시작했다. 오늘 자료를 모두 찾아가야 마감시간까지 원고를 다 쓸 수 있다. 급한 마음에 마지막 한 묶음의 신문을 뽑아 들었다. 먼지가 일어나는 신문을 책상에 조심히 내려놓고 한 장씩 넘기기 시작했다. 그런데 유달리 흐릿한 글씨의 기사가 눈에 띄었다.

'또 무슨 일이 일어나려는 건가?'

이런 현상이 처음 있는 일은 아니었다. 처음에 자료조사를 나왔을 때는 몰랐지만 몇 달이 지나자 수많은 신문기사 중에 유난히 흐릿하게 보이는 것이 있었다. 신기하게도 그 기사를 계속 보고 있으면 기사의 활자가 점점 더 흐릿해져가는 것이었다.

반년 전부터 우연이라고만은 할 수 없는 일이 벌어지기 시작했다. 그 흐릿한 활자의 신문기사를 본 날이나 다음 날이 되면 기사와 같은 사건이 현실에서도 똑같이 벌어지는 것이었다. 대부분 작은 기삿거리였지만, 이러한 일들이 나는 마치 예언처럼 느껴졌다.

물론 이런 일이 자주 일어나지는 않았다. 그런데 오늘도 마지막 신문 몇 장을 넘기자 흐릿한 글씨가 눈에 들어왔다. 그 기사 밑에 조그만 사진으로 눈길이 닿았다. 사진의 인물이 낯익어 자세히 들여다보니 바로 아내였다. 나도 모르게 다급하게 기사 첫 줄부터 읽어나가기 시작했다. 아내가 오늘 살해당한다는 내용이었다.

나는 기사를 찢어 바지주머니에 구겨 넣고 미친 듯이 뛰었다. 도서관을 나와 택시를 잡아탔다. 그리고 아내에게 전화를 걸었다. 하지만 통화음만 귓가를 맴돌 뿐 아내의 목소리는 들을 수 없었다.

택시에서 내렸을 때 나는 검은 모자를 눌러 쓴 어느 사내가 우리 집이 있는 아파트 동으로 들어가는 것을 보았다. 왠지 모르게 불안해진 나는 서둘러 그 남자를 뒤쫓아 들어갔다. 하지만 남자는 이미 엘리베이터를 타고 '닫힘' 버튼을 누르고 있었다. 닫히는 엘리베이터 문 사이로 남자는 음흉한 표정을 지으며 나를 빤히 쳐다보았다.

나는 초조한 마음으로 엘리베이터가 멈추는 층을 보았다. 등에서는 식은땀이 흘렀다. 엘리베이터는 내가 살고 있는, 그리고 아내가 있는 13층에 멈춰 섰다. 또 다른 엘리베이터가 1층에 도착하자마자 나는 들어가서 '닫힘' 버튼을 사정없이 두드렸다. 그리고 아내에게 다시 전화를 걸었다. 이번에는 신호가 울렸다.

'왜 이렇게 안 받는 거야!'

몇 번의 울림 끝에 수화기를 통해 아내의 목소리가 들려왔다.

"여보세요."

"여보, 지금 빨리 현관문 잠가!"

"현관문? 뭐야, 무슨 일인데 그래?"

"이유는 묻지 말고, 빨리!"

"그래, 알았어. 그런데 당신, 오늘도 늦어?"

"그런 거 묻지 말고 빨리 문 잠그라니까!"

내 말이 끝나기 무섭게 전화기 너머에서 현관문을 두드리는 소리가 들렸다. 나는 다급해졌다. 그때 엘리베이터 문이 열렸다. 문이 열리자마자 나는 엘리베이터를 뛰쳐나갔다.

그 순간이었다.

"아악!"

갑자기 옆구리가 시려왔다. 쇠붙이의 시큰함이 몸 깊숙이 느껴지는 순간! 내 앞에 사내의 싸늘한 눈빛이 스쳤다. 심장이 얼어붙는 것 같았다. 고개를 숙여보니 내 옆구리에 칼이 꽂혀 있었다. 정신이 점점 혼미해졌다.

'정신, 정신을 차려야 돼…….'

하지만 다리에 힘이 풀려 쓰러지고 말았다. 바지 주머니에서 구겨 넣었던 신문기사가 빼꼼 고개를 내밀었다. 이럴 리가 없는데……. 나는 통증도 잊은 채 손으로 신문기사를 꺼내어 재빨리 눈으로 훑어 내려갔다.

C 씨 살해당하다

사건의 발단은 유부녀 A 씨의 내연남이었던 B 씨가 A 씨에게 버림을 받으면서 시작되었다. 이성을 잃은 B 씨는 A 씨를 살해할 목적으로 A 씨의 아파트로 향하던 중 우연히 만난 A 씨의 남편인 C 씨를 살해하고 그의 주머니에서 아파트 열쇠를 꺼내 A 씨까지 무참히 살해하였다.

한순간에 몸이 얼어붙듯 나는 손가락 하나 까닥할 수 없었다. 눈앞에 있는 B는 살기 어린 미소를 띠며 나를 바라보고는 내 주머니에서 집 열쇠를 꺼냈다. 그리고 유유히 우리 집으로 향했다.

녹슨 식칼

나는 배관공이다. 하루는 어느 아파트에서 화장실과 천장에서 물이 샌다는 연락을 받았다. 집을 찾아갔는데, 문을 열어주는 주인아주머니 얼굴에 핏기가 하나도 없었다. 몸조차 제대로 가누기 힘든지 아주머니는 나에게 알아서 고쳐달라며 소파로 가서 쓰러지듯이 몸을 뉘였다.

여러 가정을 방문하며 별의별 사람들을 만나본 터라 그 아주머니는 특별할 것이 없었다. 나는 화장실로 들어가 누수 상태를 확인했다. 위쪽 상황을 보기 위해 얼룩덜룩한 화장실 천장 환기구를 뜯어내고 고개를 올려다보았다.

그런데 한쪽 구석에 노란색 종이에 뭔가 쌓여 있는 것이 보였다. 배관공들은 화장실을 개조하고 나서 처음 만들 때의 부속물이 없어질까 봐 천장에 올려놓기도 한다. 나는 이전 부속물이라 생각하고 놔두었다가 다른 쪽도 뜯어내야 할지 몰라 자세히 보기 위해 그걸 끌어내렸다. 크기도 무게도 이상해서 조심스럽게 종이를 펼쳐보았다. 그것은 노란 종이로 된 부적과 식칼이었다. 식칼은 오래되어 녹이 잔뜩 슬어 있었다.

왠지 오싹했다. 하지만 주술을 신봉하는 사람도 있고, 그곳에 사는 사람들이 일부러 놔두었을 수도 있어서 다시 제자리에 두고 내려왔다.

견적작업을 마치고 아주머니에게 구체적으로 작업 계획을 설명하고 나서 그 식칼에 대해 물어보았다. 그랬더니 아주머니는 깜짝 놀라며 자신은 모르는 일인데, 남편한테 물어봐야겠다고 하는 것이다. 마침 얼마 안 있어 남편이 도착했다. 남편 또한 처음 듣는 이야기라며 깜짝 놀랐다.

며칠 후 경찰서에서 연락이 왔다. 참고인 조사에 협조해달라고 했다. 알고 보니 그 집 부부가 고심하다가 경찰에 신고를 한 것이었다. 나는 그 아파트의 방문 목적 등을 이야기하고, 몇 가지 질문에 대답했다. 경찰서를 나서기 전에 나는 담당 형사에게 물었다.

"근데 뭐 밝혀진 건 없습니까?"

형사는 잠시 주저하다가 이야기를 꺼냈다.

"알고 보니 그 집 부부가 재혼을 했더라고요. 남편 쪽에 딸이 있는데, 엄마하고 딸이 사이가 너무 안 좋았대요. 그 칼하고 부적은 딸이 몰래 놔두었던 거래요."

얘기를 듣고 나니 저주의 의미로 놓아둔 식칼을 만진 것이 마음에 걸렸다.

나중에 무속인을 만날 기회가 있었다. 문득 그 식칼과 부적이 생각났다. 부정의 의미로 쓰인 줄은 알았지만 더 구체적인 뜻이 궁금해 무속인에게 물었다가 나는 한 차례 더 머리끝이 쭈뼛거리는 경험을 했다.

"사람 죽으라는 뜻이야. 그 집에 사는 사람들 모두 다 빨리 죽으라는."

손가락을 찾아주세요

며칠째 비가 내리던 어느 여름 오후였다. 직원 하나가 나에게 물었다.

"팀장님, 요새 날씨도 꿀꿀한데, 오늘 번개 회식 어떻습니까?"

"그래, 그럴까?"

날씨도 안 좋고 기분도 별로여서 마침 잘되었다 싶었다.

7시에 근처 삼겹살 전문점에서 시작된 회식은 화기애애했다. 고기를 다 먹기도 전에 얼큰하게 취한 우리는 2차로 하우스 맥주 전문점을 찾았다.

우리는 맥주 전문점에서 1차 때의 화기애애한 분위기를 계속 이어나갔다. 그런데 나를 포함해 사람이 7명이나 되다 보니 다들 몇 명씩 짝을 이뤄 따로따로 이야기를 나누고 있었다. 나는

다 같이 이야기할 수 있도록 한 가지 아이디어를 냈다.

"비도 오고 분위기도 스산한데, 우리 학창 시절 때처럼 귀신 이야기 어때?"

"귀신 이야기는 무슨……. 전 싫어요."

여직원은 무서운 이야기에 기겁했다. 이 모습을 본 남자직원들은 오히려 재미있겠다며 이야기를 꺼낸 나부터 시작하라고 성화였다.

그렇게 시작된 무서운 이야기는 분위기 탓인지 별것 아닌 이야기에도 등골이 오싹했다. 가끔 남자직원들은 여자직원들이 놀라도록 정확한 타이밍에 소리를 지르는 장난을 치기도 했다.

평상시 말이 없던 영철 씨도 자기 차례가 되자 천천히 몸을 일으켜 뭔가 할 이야기가 있다는 듯 우리를 한 명씩 바라보았다. 그리고 그의 무서운 이야기가 시작되었다.

"이건 무서운 이야기가 아닐지도 모르지만 명심하세요. 손가락 하나를 찾아야 한다는 것을 말이죠."

과묵한 사람이 심각한 표정으로 입을 열자 분위기는 더욱 스산해지는 듯했다.

"10년 전쯤에 꿈을 꾸는데, 꿈속에서 허름한 옷을 입은 어떤 이상한 여자가 나타났어요. 그 여자는 길에서 뭔가를 바쁘게 찾고 있었어요. 그래서 뭘 그렇게 열심히 찾느냐고 물었더니 잃어버린 손가락을 찾고 있다면서 저더러 같이 찾자는 거예요. 흘깃 여자의 손을 봤는데 오른쪽 새끼손가락 자리에 손가락은 없고 피가 뚝뚝 떨어지고 있었습니다. 저는 열심히 새끼손가락을 찾았어요. 그렇게 한참이 지나서 제가 나뭇잎 사이에서 손가락을 찾아 여자한테 줬어요. 그런데 여자는 기뻐하기는커녕 입을 삐죽거리면서 저를 노려보는 겁니다. 너무 무서워서 어떡해야 하나 난감해하고 있는데 잠에서 깨어났어요."

처음에 분위기 잡던 것에 비하면 이야기가 너무 싱거웠다. 다들 원성이 자자했다. 영철 씨는 지금부터가 무서운 이야기라며 말을 이어갔다.

"지금부터 잘 들으세요. 이 꿈 얘기는 사실 제 꿈이 아닙니다. 저도 친구한테 들은 얘기입니다. 그런데 그 친구 말이 꿈 이야기를 들은 사람들은 일주일 안에 똑같은 꿈을 꾸게 된다고 했습니다. 조심하셔야 해요. 꿈에서 여자가 나오면 잃어버린 손가락을 반드시 찾아줘야 해요."

이야기가 끝나자 모두들 시시하다며, 영철 씨에게 이런 순진한 구석이 있었느냐며 면박을 주었다. 그때 나는 보았다. 영철 씨가 씩 하고 음침하게 웃는 모습을.

맥이 빠져버린 우리는 무서운 이야기를 그만두고 3차 갈 사람 몇을 제외하고 뿔뿔이 흩어졌다. 나는 취기가 올라 먼저 집으로 향했다. 그날 꿈에 정말로 손가락 하나가 없는 여자가 나왔다. 한창 여자의 손가락을 찾아주고 있는데, 아내가 출근이 늦겠다며 나를 깨워 일어나고 말았다.

그날 아침, 서둘러 출근을 하니 팀원들이 일은 안 하고 모여서 수군거리고 있었다.

"무슨 일 있어?"

"팀장님, 어제 영철 씨가 말했던 꿈 꾸셨어요? 손가락 찾는 꿈이요."

"어? 그건 왜?"

"신기하게도 어제 다들 집에 가서 손가락 찾는 꿈을 꿨답니다. 저도 꿨습니다. 저는 카메라 가방에서 검지를 찾았고, 이 친구는 자기 집 화장실 칫솔꽂이에서 엄지손가락을 찾았답니다. 그리고 연희 씨는 책을 보려고 하는데 책 사이에 꽂혀 있더랍니다. 지금 다들 놀라서 그 이야기들을 하고 있었어요."

직원들은 모두 마음이 뒤숭숭한 눈치였다. 그 이야기를 꺼낸 영철 씨는 무슨 일인지 오늘 연락도 없이 결근을 했다. 영철 씨뿐만이 아니었다. 새로 입사한 신입사원이 오전 11시가 넘도록 출근을 하지 않고 전화도 받지 않았다.

그때였다. 전화를 받던 여직원이 갑자기 소리를 질렀다. 모든 직원들의 눈이 그 여직원에게 향했다.

"왜 그래?"

"무슨 일이야?"

여직원은 안절부절못하다가 떨리는 목소리로 말했다.

"신입사원인데 병원이라고 전화 왔어요. 새끼손가락이 잘렸다고……."

신입사원 역시 어젯밤 같은 꿈을 꿨는데 그는 여자의 새끼손가락을 찾지 못했다고 한다. 꿈속에서 여자에게 손가락을 못 찾겠다고 했더니 그 여자가 깔깔거리며 웃었다는 것이다. 신입직원은 꺼림칙하게 자리에서 일어나 출근하기 전 납품할 물건을 가지고 업체에 갔는데, 그만 에스컬레이터에 새끼손가락이 끼어서 잘렸다고 한다. 봉합수술도 받을 수 없을 만큼 짓이겨졌다.

자초지종을 들은 우리는 모두 할 말을 잃었다. 나는 문득 정신이 번쩍 들었다.

나 역시 어젯밤 꿈에서 여자의 손가락을 찾지 못한 사실을 깨달았다.

현관문 밖의 아빠

나는 평범한 고등학생이었다. 얼마 전 그 일이 일어나기 전까지는…….

아빠와 엄마, 나. 우리는 화목한 가족이었다. 하지만 몇 년 전 엄마가 교통사고로 갑작스럽게 돌아가시고 난 뒤, 아빠와 나는 몇 달 동안 충격을 받고 멍한 상태로 지냈다. 예전처럼은 아니지만 제대로 일상생활을 하게 된 지는 얼마 되지 않았다. 그래도 우리 부녀는 이야기를 하다가 웃기도 하고, 장난을 칠 수도 있게 되었다. 엄마가 없는 만큼 난 그 누구보다 아빠를 의지했다.

아빠는 매우 좋은 분이시다. 그런데 아빠에게 마음에 안 드는 점이 하나 있다. 아빠가 미신에 너무 의지한다는 것이다. 점이란 게 그렇지 않은가? 괜히 안 좋은 얘기라도 들으면 찜찜하고 별것 아닌 일도 연관 지어 생각하면 맞는 것 같아서 신기하고…….

아빠는 특히 엄마가 돌아가시고 나서부터 부쩍 점을 보러 다니셨다. 아무래도 엄마의 갑작스러운 죽음에 큰 영향을 받은 것 같다. 문제는 나쁜 말을 듣고 올 때였다. 아빠는 좋은 말을 듣고 오면 평소와 달리 말씀도 많아지고 웃음도 많아지셨다. 하지만 나쁜 말을 들으면 입맛을 잃고 며칠 동안은 필요한 말 외에는 입을 열지 않으셨다. 또 점쟁이가 하지 말라고 하는 것은 절대로 하지 않으셨다. 여름휴가 기간에 물가에 가지 말라고 하면 내가 아무리 바닷가에 가자고 해도 꿈쩍하지 않으셨다. 점은 미신이니 믿지 마시라고 해도 소용이 없었다.

엄마가 돌아가신 지 2년쯤 지난 신년 초였다.

아빠는 새해가 되면 한 번씩 꼭 점집에 가서 한 해의 신년운수를 점쳐보곤 했다. 그날도 점을 보고 저녁이 다 되어 들어오신 아빠는 낯빛이 어두웠다. 어쩐지 기분이 안 좋아 보였다. 좀 이상하다 싶었지만 '점괘가 안 좋게 나왔나 보다' 하고 대수롭지 않게 넘겼다. 그런데 한참 기분 나쁜 표정을 하고 계시던 아빠가 먼저 말을 꺼냈다.

"앞으로 내가 퇴근해서 집에 돌아와서 초인종을 누를 때 꼭 확인해야 할 게 있다. 인터폰 화면으로 나라는 걸 확인해도 '누구세요?'라고 꼭 물어라. 그리고 내가 대답하지 않으면 절대로 문을 열어주지 마라. 절대로! 알았지? 절대 열어주면 안 돼."

왜 그러시냐고 물어볼 생각도 하지 않고 나는 "알았어요" 하고 대답했다. 평소의 아빠와는 눈빛과 말투가 많이 달라서 뭐라고 대꾸할 수가 없었다.

그날 이후 아빠가 매일같이 퇴근을 하고 돌아오시면 그때마다 나는 아빠가 신신당부한 대로 "누구세요?"라고 물어서 "아빠다"라고 대답을 듣고 문을 열어주었다.

하지만 여전히 인터폰 화면에 아빠 얼굴만 보여도 문을 열어주던 게 익숙했기 때문에 어색하기도 했다. 한번은 깜빡 잊고 "누구세요?"라고 묻지 않고 문을 열어주었더니 아빠가 노발대발하시는 것이었다.

"아니, 너는 왜 아빠 말을 안 듣고 맘대로 하니! 내가 분명히 말했잖아. 누군지 물어보고 내가 꼭 대답을 해야만 열어주란 말이야. 알겠어?"

낯선 아빠의 모습을 보니 뭔지 모를 불안감이 엄습했다. 하지만 존경하고 사랑하는 아빠를 이해하기로 했다.

그로부터 한두 달 정도 지났을까? 내 생일날이었다.

아침에 출근하면서 아빠는 오늘 야근을 해야 하는데, 늦더라도 집에 오면서 케이크와 선물을 사올 테니 기대하라는 말을 남기셨다. 밤 10시, 아빠의 발걸음 소리가 아파트 복도에서 들렸다. 나는 문을 열어드리려고 주인을 기다리는 강아지처럼 문 앞에서 아빠의 발걸음 소리에 귀를 기울이고 있었다.

그리고 "딩동" 하는 초인종 소리가 들렸다. 나는 얼굴에 미소를 머금은 채 "와, 아빠다" 하고 혼잣말을 하며 인터폰 화면을 봤다. 아빠의 얼굴이 보였다. 그런데 표정이 별로 안 좋아 보였다. 마치 나를 노려보는 것 같기도 했다.

"누구세요?"

"……."

"누구세요?"

"……."

"누구세요!"

"……."

아빠는 계속 눈만 부릅뜨고 있을 뿐 "아빠다"라는 대답을 하지 않으셨다. 무슨 일이 있었는지, 왜 그렇게 험악한 표정을 짓고 계신 건지 마음이 쓰였지만, 아무 생각 없이 문을 열었을 때

몹시 화를 내셨던 모습이 생각났다. 그래서 문을 열어주지 않고 그대로 밤을 새웠다.

아빠는 다리도 안 아픈지 여전히 밖에 서 계셨다. 나는 무섭고 걱정스러운 마음에 새벽에도 몇 번을 물어보았다. 낯선 아빠의 모습을 보며 흐느끼기도 하고, 애원하듯 "누구세요"를 외치기도 했다. 하지만 답이 없기에 공포에 떨었다. 너무 무서워서 잠도 오지 않았다. 경찰서에 신고전화를 할 생각도 하지 못했다.

드디어 아침이 되었다. 대체 어떤 생각이 들었던 걸까? 나는 해가 떠오르기를 기다렸다가 조심스럽게 현관문을 열었다. 그런데 이럴 수가……

나는 까무러치고 말았다.

아빠는 목이 잘려 얼굴에서 피가 뚝뚝 흐르는 채 현관문 앞에 매달려 있었다. 그 옆에는 포스트잇이 붙어 있었다. 거기에는 이런 글자가 쓰여 있다.

'너, 아버지 말을 아주 잘 듣는데?'

빨간 드레스

"한국 최고의 연극배우가 되기 위해 15년이 넘는 시간 동안 연기에 매진해왔어. 그래서 한때 대학로에서 유명한 배우로 이름을 날리기도 했지. 그런데 지금은 뭘 하느냐고? 보면 모르겠어? 폐소공포증으로 집 밖으로 나가지도 못하고 이렇게 철창 없는 감옥살이 중이잖아. 하지만 너희도 직접 그 일을 겪는다면 별수 없을걸? 하하하하!"

나는 무대에서 연기를 하는 배우다. 그런데 위와 같은 대사를 하는 역할을 맡은 이후 회를 거듭할수록 마치 실제처럼 그 역할에 빠져들어 가고 있다. 이 연극은 공포물이고, 나는 공포물의 주인공이다.

다행히 관객들은 매회 환호했다. 그들은 공포를 느끼기 위해 우리 공연을 찾았다. 일반적으로 공연장에서 느끼게 되는 공포는 연출자와 배우, 무대장치 등 다양한 요소들이 잘 버무려져서 만들어지는 것이지만, 이 연극은 달랐다. 뭔지 모를 소극장 안의 음침한 분위기가 공연을 공포로 몰아갔다.

"실화를 각색한 연극이라 그런지 정말 섬뜩하더라."

"재미있는 건 모르겠는데 무섭긴 무서웠어."

관객들은 모두 한여름 밤의 공포를 만끽한 채 돌아갔다. 사실 내가 하고 있는 연극의 내용은 실화다. 한국 최고의 배우를 꿈꾸던 연극배우가 어떤 사건을 계기로 폐소공포증 환자가 된 실화 말이다. 지금 그 실화에 대한 얘기를 해보려고 한다.

은하라는 배우가 있었다. 그녀는 고등학교 때부터 연극에 빠져 스물여덟 살 때까지 소극장을 돌아다니며 공연을 해왔다. 그녀의 이름은 연극하는 사람이라면 다 알 정도로 유명했다.

3년 뒤, 대학로에서 이름 난 배우가 된 그녀는 공포물에 도전했다. 지금의 나처럼.

관객들의 반응은 폭발적이었다.

"역시 김은하 연기 하나는 최고다!"

"은하 언니 정말 멋져요~."

하지만 그녀는 팬들의 성원과는 달리 점점 야위어갔다. 그런데 아무도 그 이유를 알지 못했다. 그저 너무 열심히 연습하느라 그런 것이려니 했다. 그러던 어느 날 그녀가 연출가에게 입을 열었다.

"선생님, 공연장 뒤에서 이상한 목소리가 들려와요. 무서워서 더 이상 못하겠어요."

"무슨 이상한 소리가 들린다는 거야? 자세히 얘기해 봐."

"자꾸 '빨간 드레스 입혀줄게, 빨간 드레스' 하는 소리가 들려요. 목소리가 너무 이상해서 듣고 있을 수가 없어요."

"별일 없을 거야. 조금만 더 참아줘. 은하 씨, 지금 공연계 불황인 거 알잖아. 그 와중에 이렇게 대박 터뜨렸는데 지금 바로 내릴 순 없어."

그렇게 공연은 계속되었다. 은하는 몸이 야위어갈 뿐 아니라 연기에 실수도 늘어갔다.

그러던 어느 날, 사건은 벌어지고 말았다. 그 연극에서는 흰 드레스를 입고 연기를 하던 배우가 있었다. 은하와 매우 절친한 배우였고 친자매보다 더 가깝게 지내는 사이였다. 그런데 그날 은하는 연기 도중 큰 실수를 하고 말았다. 대사를 하는 중간에 무대 뒤를 향해 비명을 지르며 연극과는 상관없는 말들을 내뱉었던 것이다.

"야~ 그래! 맘대로 해봐. 입힐 수 있으면 입혀 보란 말이야!"

그 순간, 무대 뒤에서 여자들의 비명소리가 들렸다. 무대 뒤에서 하얀 드레스를 입고 있던 배우가 무대로 나와 쓰러졌는데 목에는 칼자국이 선명했고, 상처에서 분수처럼 피를 뿜는 것이 아닌가!

이 모든 상황이 연극인 줄로만 알고 있는 관객은 동요하기보다 오히려 공연에 빠져들었다. 여배우의 하얀 드레스는 점점 빨간 드레스가 되어가고 있었다. 그 상황을 지켜보던 은하는 그때부터 충격을 받고 집에서 나오지 못하고 있는 것이었다.

나는 지금 그 실화를 연기하고 있다. 그리고 매회 연극을 할 때마다 천천히 죽음의 그림자가 나에게 다가오는 느낌을 받고 있다.

'빨간 드레스 입혀줄게, 빨간 드레스⋯⋯.'

하지만 아직은 멈출 수 없다. 지금보다 더 유명해지기 전에는.

텅 빈 무대, 지금 내가 서 있는 이 자리는 하얀 드레스를 입은 여배우가 빨간 드레스로 옷을 물들이던 바로 그 자리다.

경찰차 뒷좌석

경찰이 된 나의 첫 발령지는 시골의 작은 파출소였다. 시골이라 별 사건은 없었다. 경찰로서 첫 발을 내디딘 만큼 나는 열정이 대단했다. 별 탈 없고 무료한 환경 때문인지, 파출소의 선임들은 나와 달리 긴장감이 있어 보이지 않았다. 하지만 우리는 수칙대로 2인1조로 착실하게 순찰 업무를 지켰다. 그래도 어쩌다가 한번은 혼자 순찰을 돌아야 할 때도 있었다.

바짝 긴장하고 원칙대로 움직이는 내가 재미있었는지 어느 선임이 이런 말을 했다.

"우리 마을엔 귀신이 나오는 골목이 하나 있어. 마을 표지판 걸려 있는 도로 지나서 이장님 댁 포도밭 끼고 장터까지 이어진 골목 있지? 거기 새벽에 순찰 돌면 가끔 귀신을 본다니까."

"에이, 세상에 귀신이 어디 있습니까. 저 놀리려고 그러시는 거죠?"

"아니야, 진짜야. 여기 파출소로 발령 난 사람 모두 한 번은 겪었다니까. 놀리려는 게 아니라 너도 조심하라고 하는 말이야."

농담인지 진담인지 알 수 없는 선임의 표정에 나는 엉겁결에 알겠다고 대답했다.

나는 귀신이야기 같은 것은 잘 믿지 않는 사람이었다. 겁도 별로 없는데다 사후 세계라든가 천국 같은 것들도 믿지 않는 무종교에 가까운 스타일이다. 그래서 그냥 후배 놀리려고 겁주는 얘기쯤으로 들렸다.

며칠 후 우연찮게 혼자 순찰을 돌게 되었다. 군청 부근 술집에서 대여섯 명이 시비가 붙어 함께 순찰을 돌기로 한 선임이 그곳으로 투입되었다. 나도 마을을 한 바퀴 돌고 그곳 상황에 맞춰 합류할지 결정하기로 했다.

그날 밤 야간 순찰을 다 돌고 선임이 말하던 그 골목길로 접어들 때였다. 가로등 불빛으로 젊은 여자의 실루엣이 보였다. 시골마을에 저런 여자가 살고 있나 싶을 만큼 옷차림이 세련되어 보였다. 그런데 여자는 나를 향해 차를 세워달라는 듯이 팔을 흔들었다. 나는 여자 옆으로 차를 대고 창문을 내렸다.

"무슨 일이십니까?"

"집을 가야 하는데, 너무 어두워서요……."

뒷말을 흐리는 것을 보니 집 부근까지 차를 타고 같으면 하는 눈치였다. 나는 뒷좌석에 태워주겠다고 하니 여자는 고맙다며 문을 열고 차를 탔다.

여자는 말이 없었다. 나는 여자가 이곳에 사는 사람인지 아니면 부모님이나 친척 집을 온 것인지, 어쩌다 늦은 시간에 어두운 골목에서 혼자 길을 헤매고 있었는지 궁금했다. 하지만 여자에게 질척대는 행동으로 보일 수 있어 잠자코 있었다.

마을을 벗어나 이웃 마을로 향하는 지점에서 여자가 말을 꺼냈다.

"저 여기서 세워주세요."

"네? 여기요? 여긴 뒷산 입구 아닌가요?"

나는 이렇게 말하면서 뒤를 돌아다보았는데, 여자의 태도가 어쩐지 서늘했다. 표정도 딱딱하게 굳어 있었다.

"아, 네……. 그럼 조심히 들어가십시오."

여자는 뒷문을 열고 내렸다. 뭔가 찜찜하고 오싹한 기분이 들었다.

나는 선임에게 연락을 했다. 선임은 술집 시비는 잘 정리되었다며 파출소로 돌아오라고 했다.

"순찰 중에 이상은 없었지?"

선임은 파출소 문을 열고 들어오는 나에게 의례적인 목소리로 물었다.

"네, 특별한 건 없었습니다. 근데 어떤 젊은 아가씨가 길을 헤매고 있더라고요. 그래서 뒷좌석에 태우고 데려다주는데…… 이웃 마을 중간에 있는 뒷산 쪽에서 세워달라고 해서 세워줬어요. 근데 아무래도 좀 이상해요."

선배는 눈을 깜빡이지 않고 어두운 낯빛으로 나에게 물었다.

"너 제정신으로 하는 얘기야? 경찰차 뒷좌석에서 어떻게 스스로 문을 열고 내려?"

이상한 전화

며칠 전 뉴스에서 스토커 때문에 골치를 앓고 있는 사람들의 사연이 소개되었다. 어떤 여자는 매일 밤 자신의 뒤를 밟는 남자 때문에 노이로제에 걸렸다면서 울먹였다. 또 어떤 남자는 예전에 사귀던 여자가 자신을 배신했다는 이유로 머리 자른 비둘기의 사체를 소포로 보내와 기겁을 한 적이 있다고 했다.

뉴스를 통해 스토커의 어긋난 행동이 얼마나 고통을 안겨주는 것인지 깨닫지만, 실제로 겪어보지 않으면 얼마나 섬뜩한 일인지 알지 못한다.

나는 대학을 다니는 복학생이다. 군대도 전방부대를 다녀왔기에 비둘기 소포 따위에 놀라지 않을 자신도 있다. 평소 누군가에게 원한을 살 일도 없었고, 대인관계도 원만하기에 뉴스에서 보던 스토킹 사건은 나와 상관없는 것처럼 느껴졌다.

그런데 얼마 전부터 이상한 일이 벌어졌다. 자정이 조금 안 된 시간, 막 잠이 들려고 할 때마다 집 전화벨이 요란하게 울리기 시작한다.

"여보세요?"

"……."

"여보세요?"

"……."

"여보세요!"

"……."

세 번의 물음에 아무런 대답이 없었다. 나는 장난전화라고 생각하고 끊어버렸다.

그런데 잠시 후 전화가 또 울리는 것이었다. 또 그 전화는 아닐까 싶으면서도 난 혹시나 부모님이나 또 다른 친구일까 해서 얼른 수화기를 들었다. 그러나 조금 전과 똑같은 상황이 반복되었다. 순간 짜증이 치밀어 올랐다.

"에이, 장난전화를 할 거면 낮에 할 일이지 졸려 죽겠는데 장난질이야."

나는 투덜대다가 금방 곯아 떨어졌다.

그런데 그로부터 며칠 동안 매일 밤, 똑같은 시간에 똑같은 패턴의 장난전화가 걸려오는 것이 아닌가? 그것도 수화기를 들면 아무런 소리를 내지 않는 이상한 상대로부터 말이다.

'이거 혹시 스토커 아니야?'

점점 의심이 들기 시작했다. TV에서 본 내용들이 하나둘 떠오르면서 온몸에 소름이 돋았다.

혼자 자취를 하며 살고 있기 때문에 두려움은 더욱 컸다. 남의 집 불 보듯 할 때야 '저 정도쯤이야……' 하고 생각했지만 막상 내게 이런 일이 닥치니까 이유 없이 불안해서 미칠 지경이었다.

집 전화는 내가 구입한 것이 아니었다. 서울에서 혼자 자취하는 내가 제대로 사는지 부모님이 나와 연락하기 위해 달아주셨다. 나는 휴대전화로 통화하면 되지 않으냐고 항변했지만, 집에 있는 전화로 받아야 믿을 수 있겠다며 고집을 부리셨다. 나도 군대 다녀오기 전 방탕하게 지낸 전과가 있어 하는 수 없이 부모님의 뜻을 따를 수밖에 없었다. 말하자면 집 전화는 나를 감시하기 위한 도구였다.

또 밤이 되었다. 나는 불안한 마음에 잠을 못 이루고 있었다. 밤 12시가 조금 안 된 시간, 또 다시 전화벨이 울렸다.

"여보세요?"

"……."

더 이상 두려움과 불안감 때문에 참을 수 없어 외쳤다.

"너 이 자식아, 장난해? 적당히 좀 해라. 어? 자꾸 이러면 너 재미없을 줄 알아!"

그러자 수화기 반대편에서 화를 눌러 참는 듯한 음침한 목소리가 들렸다.

"정말 재미없을 텐데, 괜찮겠어?"

음침하다 못해 쇠붙이를 긁는 소리처럼 온몸의 신경을 곤두서게 하는 목소리였다. 나는 너무 놀라 그대로 수화기를 내려놓았다.

전화를 끊은 후 신변에 위협을 느낀 나는 결국 경찰에 신고했다. 경찰은 최근 스토커들의 범죄가 심각하다며 내 이야기에 관심을 보이며 듣고 이것저것을 물어보았다. 단순한 장난전화는 아닌 것 같다며 우리 집 전화기에 전화가 오면 상대방의 위치를 추적할 수 있는 장치를 달아주었다. 그리고 수사를 시작했다.

다음 날 밤 여지없이 전화는 같은 시간에 걸려왔다. 나는 깊이 심호흡을 한 뒤 신중하게 전화기를 들었다.

"여보세요?"

"……."

"야! 너 누구야?"

"너, 죽여버릴 거야."

어제 들었던 것과 똑같은 목소리였다.

"너… 너… 누구야?"

당황한 나머지 말이 제대로 나오지 않았다. 그때였다! 나의 휴대전화가 울렸고, 발신자는 경찰이었다. 나는 소름끼치는 전화를 끊어버리고 얼른 휴대전화를 들어 경찰의 전화를 받았다.

"지금 바로 집에서 나오세요!"

"네?"

집에서 나오라는 말에 나는 무슨 말인지 의아해서 재차 물었다.

"뭐라고요? 왜요?"

그러자 경찰은 이렇게 말하는 거였다.

"그 이상한 전화는 당신의 집 안에서 걸려오고 있었습니다. 범인은 당신 집 안에 있습니다!"

PART 2

존재하지 않는
존재들의 외출

한밤의 서바이벌게임

1학년 때부터 철승은 음악 동아리에 푹 빠져 있었다. 학과 공부보다 동아리 활동에 더 적극적이었던 철승은 2학년 때 군대에 갔다가 이번에 다시 복학을 했다.

철승은 여름이 지나기 전에 MT를 꼭 한 번 가고 싶었다. 그래서 어느 날 동아리방에 모인 후배들에게 물었다.

"우리 기말 시험 끝나고 MT 갈까? 1학기 때도 안 갔는데, 날짜 맞춰서 강촌 쪽으로 가자."

"MT요? 좋아요! 알바 시작하기 전에 저도 한번 제대로 놀고 싶었어요!"

"네, 좋아요. 선배. 그럼 선배가 추진하는 거죠?"

다들 기다렸다는 듯이 여름 MT에 찬성을 했다.

"오케이, 그럼 내가 계획 짤 테니까 두말하기 없기!"

철승이 열심히 MT 계획을 짠 덕분에 인원수, 날짜, 장소, 회비가 순조롭게 정해졌다.

드디어 MT 가는 날 아침. 남자 6명과 여자 4명이 청량리역에 모였다. 경춘선을 타고 강촌역에 내려 계곡에서 물놀이도 하고 자전거를 빌려 타며 모처럼 즐거운 시간을 보냈다. 그리고 숙소로 돌아와 저녁 겸 술을 마시기 시작했다. 마침 숙소에는 넓은 마당에 평상이 있어 탁 트인 자리에서 오붓한 시간을 보낼 수 있었다. 게임을 하면서 분위기는 점점 무르익었다.

그때였다. 언제 왔는지 기척도 없이 낯선 아저씨가 그들에게 말을 걸었다.

"학생들, 안녕? 재밌게 놀고 있는데 말 걸어서 미안. 다름이 아니라 서바이벌게임 안 할래? 야간 서바이벌."

아저씨의 등장에 당황하던 일행은 서바이벌게임이라는 말에 관심을 보였다.

"산에서 물감 들어 있는 총 가지고 게임하는 거 말이야. 그거 밤에 하면 더 재밌어. 내가 학생들한테 아주 싸게 해줄게. 한번 해볼래?"

"에이~ 장사하러 오셨구나? 저희는 지금도 재미있어요. 그리고 학생이라 돈도 별로 없고."

철승이 낯선 아저씨에게 거절 의사를 밝혔다. 그런데 후배 남자애들이 객기를 부리기 시작했다.

"야간 서바이벌이라……. 재밌겠는데요. 싸게 해준다는데 5 대 5로 한번 해볼까요?"

1학년 형민이 제안을 하자 술이 조금씩 오른 멤버들은 게임을 하자며 편을 이렇게 나누자며 목소리를 높였다. 결국 일행은 야간 서바이벌게임을 하기로 했다. 하지만 술을 많이 마신 미선과 은영은 숙소에 남아 있기로 했다. 철승은 여자친구인 미선과 함께 있고 싶었지만, 편을 나누기 위해 어쩔 수 없이 게임을 하기로 했다. 일행은 4 대 4로 편을 나누어 산으로 들어갔다.

본격적으로 게임이 시작됐다. 게임이 진행되는 동안 멤버들은 서로 쫓고 쫓기는 재미에 시간가는 줄 몰랐다.

그 시간에 숙소에 남아 있던 미선과 은영은 취기가 조금씩 물러나고 정신이 들었다. 둘은 방에서 누워 있다가 마당으로 나와 평상을 정리하고 다시 방으로 들어가 누웠다. 1시간쯤 잤을까? 잠결에 총소리가 들렸다. 그런데 서바이벌게임용 총이라기엔 총소리가 너무 컸다. 묵직한 울림도 느껴졌다.

"은영아, 근데 총소리가 왜 이렇게 큰 거지?

"밤이라서 그런 거 아니야?"

미선은 남자친구인 철승이 걱정되었다. 그러나 은영의 대수롭지 않은 반응에 마음을 놓고 다시 잠에 빠져버렸다. 그리고 시간이 얼마쯤 흘렀을까? 미선은 다급한 은영의 목소리에 잠에서 깼다.

"미선아, 벌써 12시야. 그런데 왜 아무도 안 오지? 게임한다며 나간 지 3시간이나 지났는데."

"시간이 그렇게나 됐어?"

둘은 불안해지기 시작했다. 1시간이 더 지났다. 미선과 은영은 더 이상 안되겠다 싶어 경찰에 신고하기로 했다. 숙소를 나서려는데, 서바이벌 게임을 하러 갔던 동아리 멤버들이 돌아왔다. 그런데 그들은 온몸이 흙투성이인 데다가 여기저기 상처가 나고, 피가 흐르고 있었다. 미선과 은영은 깜짝 놀랄 틈도 없이 배낭에서 비상약을 챙겨 와 일행의 상처에 약을 발라주었다.

"대체 무슨 일이 있어요?"

미선이 물었지만, 아무도 말이 없었다. 처음에 게임을 하자고 했던 형민이 울먹이며 대답했다.

"내가 불러도 철승이 형이 계속 산으로 오르는 거야. 그래서 쫓아갔는데, 형이 그만 경사진 곳을 굴렀어. 쫓아가 보니까 머리가 꺼져 있고, 형은 움직이지 않았어."

그 말을 들은 미선은 그대로 주저앉아버렸다. 그런데 그때 누군가 방문이 떨어질 정도로 세차게 두드렸다.

"누…… 누구세요?"

"미선아, 나야. 철승이. 빨리 문 열어봐."

미선은 남자친구의 목소리에 깜짝 놀라 자리에서 일어났다. 순간 주변에 있던 친구들이 미선이를 말렸다.

"미선아, 안 돼. 열지 마. 형민이 얘기 들었잖아. 저 사람, 아무래도 수상해."

하지만 미선이 듣기에 그 목소리는 철승의 것이 확실했다.

"철승 오빠 목소리가 확실해. 많이 다쳤는지도 몰라. 저렇게 문을 열어달라고 하는데, 어떻게 그런 말들을 할 수가 있어!"

미선은 자신을 붙잡는 친구들의 팔을 세차게 뿌리치며 문을 열었다. 눈앞에는 누군가에게 쫓기는 듯한 철승이 있었다. 그는 다짜고짜 미선의 손목을 꽉 잡았다.

"미선아, 빨리. 여길 벗어나야 돼!"

"오빠, 왜 그래? 그게 무슨 소리야?"

어느새 미선 뒤로 다가온 사람들은 철승에게 당신은 누구냐며 따지듯이 묻고 미선을 잡아끌었다. 철승은 친구들에게서 떼

어내듯 미선의 손을 잡아끌었다. 미선이 철승 쪽으로 몸이 기울어지자 철승은 미선을 데리고 미친 듯이 내달렸다. 미선은 모든 것이 혼란스러웠다. 대체 누구의 말이 맞는 것일까? 철승은 가로등이 있는 도로변의 버스정류장에 다다르자 이제야 미선의 손을 놔주고 숨을 헐떡였다. 도무지 영문을 알 수 없는 미선이 철승에게 물었다.

"오빠, 왜 애들을 뿌리치고 이렇게 도망치는 거야? 응? 머리 다쳤다면서 괜찮아?"

"아까 숙소에서 봤던 애들, 산에서 다 죽었어! 그 아저씨한테 속았어. 서바이벌게임용 총이라면서 총 안에 실탄이 장전돼 있었어. 총소리가 너무 이상하다 싶어서 그만 쏘라고 했는데, 다들 너무 떨어져 있고 술에 취해서 무감각해져 있더라고. 빨리 여기서 벗어나서 경찰서부터 가자."

철승은 도로변의 차를 세워 경찰서로 갔다. 그리고 자초지종을 모두 이야기했다.

다음 날 경찰에서 수사를 나왔다. 수사 결과 산 속에는 총상을 입은 일곱 구의 시체가 여기저기 널브러져 있었고, 숙소에서는 사인이 심장마비로 추정되는 은영의 시체가 발견됐다.

아들의 목소리

나는 산악구조대원으로 산 밑자락과 정상을 연결하는 중간 지점에서 상근하고 있다. 내가 일하는 곳은 산맥이 매우 험준해서 산장이 많다. 때문에 나와 같은 사람들은 늘 상비군처럼 대기하고 있어야 한다.

후텁지근한 여름날이 계속되고 있었다. 그날은 이슬비가 흩날리고 안개가 끼는 것이 아침부터 왠지 서늘한 기운이 감돌았다. 오랫동안 이 일을 하다 보니 감이라는 게 생겼는데, 왠지 예감이 좋지 않다. 예기치 않은 사고가 터질 것 같은 느낌이 들었다.

어느덧 오후 3시에 접어들고 있었다. 아침부터 내리던 이슬비는 가랑비로 바뀌어 있었다. 이런 날씨에는 등산객이 드물었다. 동료들과 산장 앞에 있는 평상에 앉아 커피를 마시고 있는데, 단란해 보이는 한 가족이 우리가 있는 산장으로 걸어오고 있었다.

아빠와 엄마, 그리고 귀엽게 생긴 남자아이였다. 가족들은 우비를 입고 비 올 것을 대비하고 산에 오른 것 같았다. 무료했던 동료들과 나는 그들의 등장에 얼굴이 밝아졌다.

"산에 가시려고요?"

"네."

"오늘은 여기서 쉬었다가 가시죠. 비도 오는데."

"네, 그렇잖아도 오늘은 여기서 쉬고 내일 아침 정상까지 가보려고 합니다."

그날 저녁 우리는 세 식구와 함께 많은 이야기를 나누었다.

다음 날 아침, 신기하게도 햇빛이 쨍쨍하고 하늘이 맑았다. 그 가족은 일찍 산장을 떠나 산의 정상을 향해 출발했다. 나는 잠시 그들 앞을 가로막았다. 어제 아침, 좋지 않은 예감이 자꾸 마음에 걸렸다. 오늘은 산에 내려갔다가 다음에 정상에 가면 안 되겠느냐고 묻고 싶었다. 하지만 오늘은 등산하기 더없이 좋은 날씨였다. 가족들도 어제 무리하지 않고 충분히 쉬고 등산을 준비한 터였다. 의아한 표정으로 나를 바라보는 그들에게 하는 수 없이 길을 터주었다. 그리고 하산하는 길에 들르라며 손을 흔들어주었다. 부디 불길한 예감이 이 가족에게 미치지 않기를 바라면서.

그러나 예감은 틀리지 않았다. 오후 4시 무렵, 응급사태가 발생했다는 비상벨이 울렸다. 정상 부근에서 추락사고가 벌어졌다는 소식이 전해졌다. 출동준비를 하면서 나는 피해자가 부디 그 가족이 아니길 빌고 또 빌었다.

현장에 도착한 나는 절망하지 않을 수 없었다. 쓰러져 있는 이들은 밝은 얼굴로 산장을 나선 그 가족이 맞았다. 불행 중 다행이라고 해야 할까? 엄마와 아빠는 의식이 없었지만, 맥박이 또렷했다. 출혈도 없었다. 아마 추락으로 인한 충격으로 기절을 한 듯했다. 골절 같은 부상은 있겠지만, 생명에는 지장이 없어 보였다. 문제는 어린아이였다. 아이는 의식이 없었다. 맥박이 뛰고 있었는데, 얼마 안 있어 끊어질 것처럼 희미했다. 아이의 코와 입에서 피가 흘러내렸다. 산 아래 병원까지 옮기기에 상태가 위험했다. 일단 산장으로 옮겨 응급처치를 하고 의사를 이곳으로 데리고 오는 편이 나을 것 같았다. 나와 동료들은 세 가족을 서둘러 산장으로 옮겼다. 어젯밤에 많은 이야기를 나누며 정을 쌓았던 사이였기에 우리는 무슨 일이 있어도 이 가족을 살리고 싶었다.

하지만 우리의 바람은 너무도 쉽게 꺼져버렸다. 반드시 살아나기를 바랐던 아이는 의사가 도착한 지 2시간 만에 결국 숨을 거두고 말았다. 의식을 되찾은 아이의 부모는 서럽게 울었다.

그런데 그날 밤, 아이의 부모가 자고 있는 방에서 호출 벨이 울렸다. 당직실에 있던 나는 무슨 일이 벌어진 건 아닌지 다급한 마음에 달려갔다. 두 사람은 입을 모아 죽은 아이가 아직 살아 있다고 말했다.

"우리 아이가 살아 있어요! 죽지 않았다고요!"

"두 분 마음은 이해합니다. 하지만 아까 확인하시지 않으셨습니까? 안타깝지만, 아이는……."

"그게 아닙니다. 전화가 왔어요! 아이가 나한테 전화를 했단 말이에요."

전화라니……? 소년은 분명히 죽었고 이미 그 시체를 병원으로 이송했다. 잘못 걸려온 전화가 아니냐고 물었지만, 둘은 한사코 자신의 아이가 분명하다고 했다. 확실히 아이 목소리가 틀림없다며 울먹였다.

나는 두 사람이 아이를 잃은 슬픔 때문에 뭔가 착각하고 있는 거라고 생각했다. 두 사람을 진정시키고 나서 당직실로 돌

아왔다. 그런데 10분이 지날 무렵, 다시 호출이 왔다. 역시 소년의 부모였다. 달려가 보니 잔뜩 겁을 집어먹은 표정으로 또 전화가 왔다고 했다.

　나 역시 왠지 모를 두려움이 밀려왔다. 그렇지만 일부러 의연하게 말했다.

　"혹시 전화가 또 올지도 모르니 제가 같이 있을게요."

　그로부터 15분이 지나자 정말 전화가 걸려왔다. 전화를 거는 사람이 누구인지 확인해야 했다.

　"여보세요?"

"아저씨, 우리 엄마 좀 바꿔줘요!"

아이의 목소리를 확인한 나는 그만 수화기를 놓쳐버렸다. 다리에 힘이 풀려서 다시 전화기를 들 수가 없었다. 전화를 그대로 끊어버리고 급히 산장의 교환원에게 전화를 걸었다.

"방금 산장에 걸려온 전화 발신지가 어디죠?"

교환원은 이상하다는 목소리로 말했다.

"방금 전화가 걸려온 곳은 마을 병원의 영안실입니다."

연습실의 거울

우리 댄스동호회는 첫 공연을 앞두고 연습실을 찾고 있었다. 직장생활을 하는 20대가 주축이 된 우리는 다른 동호회보다 의욕이 넘쳤다. 모두들 무대에 선다는 마음에 들떠 있었다. 마음껏 연습할 수 있는 곳만 찾으면 열정을 불사를 생각이었다.

수소문 끝에 서울 모 대학에 동아리 연습실이 많다는 정보를 전해 들었다. 우리는 그 대학의 동아리연합회에 연락을 취했다. 하지만 연합회에서는 지금 남아 있는 연습실이 없다며 여유 있는 곳이 생기면 바로 연락을 주겠다고 했다.

며칠 후 동아리연합회 회장에게서 연습실이 생겼다는 연락이 왔다. 동호회 회원들은 평일에는 직장을 다니고 있어 모두 바빴다. 동호회에서 총무를 맡고 있는 내가 직접 그를 만나기로 했다.

　대학교 앞 카페에서 만난 회장은 다음과 같은 이야기를 들려주었다.

　"저희 대학은 동아리 활동이 굉장히 활성화되어 있었어요. 지금은 아니지만……. 한때는 대학 자체 우수 동아리 평가를 할 때면 동아리들끼리 치열하게 준비했어요. 그러던 중 어느 연습실에서 사고가 있었어요. 학생들이 장난을 치다가 어떤 여학생이 연습실에 밤새 갇혀 있게 됐어요. 그 여학생은 이후 한동안 정신과 치료를 받았는데, 다행히 완쾌해서 지금은 학교를 졸업했고 직장을 다니고 있어요."

　"아, 그래요? 근데 왜 그런 이야기를 해주시는 거죠?"

　나는 굳이 해줄 필요가 없는 말까지 하는 연합회 회장이 의아하여 물었다.

　"그게…… 일단 젊은 분들이 하는 동호회니까 비슷한 일이 벌어질지도 몰라서요. 학교 측에서도 그런 일이 벌어질까 봐 굉장히 조심하고 있어요. 때문에 학교 외부 동아리에 동아리실을 빌려주는 걸 꺼려해요. 그리고 왜 그런지, 그 일이 있고 나서 그 연습실을 제대로 사용한 적이 없어요."

　"음, 그렇게 말씀하시니 괜히 찜찜하네요. 사람들에게 물어

보고 결정할게요. 뭐 별일이야 있겠나 싶지만 의논은 해봐야겠네요. 말씀해주셔서 고마워요."

대화를 끝내고 우리는 헤어졌다.

나는 그 일에 대해 동호회 사람들과 대화를 나누었다. 동호회 사람들은 내가 처음 그 이야기를 들었을 때와 비슷한 반응을 보였다. 그리고 우리는 무엇보다 연습실이 필요했기에 별다른 고민 없이 그 대학의 동아리실을 빌리기로 했다.

연습실의 열쇠를 받기 위해 다시 연합회 회장을 만났다. 연합회 회장은 도움이 될 수 있어 기쁘다며 열쇠를 넘겨주었다.

"그럼 열심히 연습하세요."

"네, 고맙습니다."

우리는 주말부터 연습을 시작하기로 약속하고, 댄스에 필요한 음악 자료와 간식을 챙겼다. 연습할 만반의 준비가 되자 모두들 들떠 있었다.

드디어 토요일 오후가 되었다. 회원들이 모두 모였다. 연습실은 꽤 넓었다. 공연하는 인원이 12명인데 행여 좁을까 봐 염려했던 것은 기우였다.

짐을 푼 후에 우리는 삼각대를 세워놓고 먼저 기념사진을 찍었다. 모두들 열정적으로 연습을 했다. 시간이 얼마 지나지 않은 것 같았는데, 시계를 보니 어느덧 밤 10시가 넘었다.

"우리 오늘 아예 밤새워 연습하는 게 어때?"

"좋아!"

모두들 밤새 연습하자는 의견에 동의해서 밤새 춤을 추었다. 거울에 비친 우리는 평상시보다 두세 배는 더 잘하는 것처럼 보였다.

'그 사이 실력이 늘었나?'

우리는 신이 나서 더 열심히 연습했다.

다음 날 동아리 회장에게 고맙다는 말도 전하고 열쇠를 반납하기 위해 우리는 동아리연합회 사무실로 찾아갔다. 일요일이어서인지 사무실에는 회장은 보이지 않고, 두 학생만 보였다.

"무슨 일로 오셨죠?"

"아, 저희는 지역 댄스동호회 사람들인데, 어제 강당 옆 연습실을 빌려서 썼거든요. 생각했던 것보다 넓고 거울도 있어서 제대로 연습했습니다. 감사하다는 말 전하려고 왔어요."

내 이야기를 들은 학생들의 얼굴에 황당한 기색이 역력했다. 그들 중 안경을 쓴 남자가 이렇게 말하는 것이 아닌가?

"제가 회장인데, 절 만나신 적이 있던가요?"

생전 처음 보는 남자였다. 그 남자가 말을 이었다.

"그리고 그 연습실에는 거울도 없고 전기가 들어오지도 않습니다. 예전 어떤 여학생이 갇히는 사고가 있고 나서 모두 철거했습니다. 아참, 지난주에 전화 주셨던 분이시군요. 그때 제가 분명히 말씀드리지 않았나요? 연습실이 생기면 연락드린다고 말입니다."

발바닥이 간지러워

15년도 더 된 이야기이다. 서울 근교 낚시터로 만들어진 호수가 있는 마을에서 있었던 일이다. 호수는 산에서 흘러나오는 개천과 연결되어 있었다. 개천은 깊지도 넓지도 않아 여름만 되면 동네 아이들의 유용한 수영장 겸 놀이터가 되었다. 초등학생부터 중학생까지 끼리끼리 모여 물장난을 쳤다. 그곳은 언제 가더라도 물놀이를 하러 온 아이들로 넘쳐났다.

초등학교 3학년이던 나는 그날도 친구들과 함께 개천에 갔다. 이미 자리를 잡고 놀고 있는 아이들이 많아서 우리는 조금 더 위쪽으로 가보기로 했다. 오르막길을 걸어가 보니 큰 바위와 다이빙을 해도 될 만큼 수심이 되는 좋은 장소가 나타났다.

우리는 그곳에서 다이빙을 하며 신나게 놀았다. 그런데 얼마

쯤이었을까. 한 친구가 발이 간지럽다고 했다. 다이빙을 하고 물속에 들어갔는데, 희한하게 발목과 발바닥이 간지럽다고 했다. 꼭 해초나 미역 같은 게 발을 간질이는 것 같다고 했다. 그 친구의 말에 다른 친구도 자기도 그런 느낌이 든다며 맞장구를 쳤다. 우리는 개천에 무슨 해초나 미역이 있을 수 있냐며 다이빙할 때 물에 순식간에 부딪히는 느낌이 간지러울 수도 있다고 대수롭게 않게 넘겼다.

신나게 놀다 보니 어느덧 해가 저물고 있었다. 친구들이 하나둘 물 밖으로 나가 옷을 주섬주섬 입는데, 나는 아쉬워서 다이빙을 한 번만 더 하고 옷을 입을 작정이었다. 그런데 한 친구가 옷을 입다가 실수로 시계를 떨어트렸다. 시계는 물살을 타고 수심이 깊은 곳으로 가라앉았다. 그 친구는 옷을 거의 갈아입고 있는 상태여서 내가 시계를 건져주기로 했다.

나는 허리를 굽혀 눈을 뜨고 물속에서 시계를 찾아 두리번거렸다. 다행히 시계가 금방 눈에 띄었다. 손으로 건져서 일어서려고 하는데 옆에서 뭔가가 물살을 헤치는 움직임이 느껴졌다. 무심코 시선을 돌려보았다. 그랬더니 열 걸음 정도 떨어진 곳에서 눈이 뻥 뚫린 새하얀 해골 같은 얼굴에 긴 머리카락을 출렁이는 사람 같지 않은 물체가 다가오고 있는 것이 보였다.

너무 놀란 나는 숨이 탁 막히고 몸이 얼어붙어서 꼼짝할 수 없었다. 그 사이 물체는 눈앞으로 가까이 다가왔다. 절망적인 상황이었다.

그때였다. 누군가가 내 등을 탁 쳤다. 그 순간 마법에서 풀려나듯 나는 몸이 풀리면서 허리를 펴고 물 위로 올라올 수 있었다. 나는 울음조차 터트리지 못하고 공포에 질려 멍하니 서 있었다. 친구들의 얼굴도 하얗게 질려 있었다.

"왜 그래? 무슨 일이 있었어?"

"괜찮아? 물속에서 뭘 본 거야?"

친구들은 도대체 왜 그러냐고 물었고, 나는 시계만 꽉 쥔 채로 한동안 아무 말도 하지 못했다. 물에서 어떻게 나왔는지도 기억이 나질 않았다.

우리는 말없이 산길을 내려왔다. 동네 불빛이 보이자 나도 진정이 되고, 친구들도 진정이 된 듯했다. 그제야 나는 물속에서 겪었던 일을 이야기해주었다.

그러자 한 친구가 이렇게 말했다.

"야, 너 허리 숙여서 물에 들어가서는 한 10분 정도 가만히 있던데?"

친구들은 내가 당시 유행하던 시체놀이 장난을 치는 줄 알고, 언제까지 하나 두고 보자로 했다고 한다. 그런데 한참이 지나도 등만 둥둥 뜬 채로 일어서질 않아서 무슨 일이 있는 줄 알고 뛰어들었다고 했다.

어린아이가 물속에서 10분 동안 있기란 불가능한 일이다. 나는 죽기 전에 깨어난 것이다. 그 이후로 나는 물속에 들어가는 것을 꺼리게 되었다.

스님의 방문

대학생 시절 등록금을 벌기 위해 술집에서 아르바이트를 하고 있을 때였다. 당시 나는 술집 아르바이트뿐만 아니라 신문배달도 했다. 낮과 밤이 바뀐 생활로 하루하루를 고단하게 지내고 있었다.

어느 날이었다. 새벽 3시 30분. 평일이라 손님이 다 빠져나가고 한 테이블만 남아 있을 때였다.

"이제 더 올 손님 없을 거 같으니까 주방도 마무리 해!"

매니저가 지시했다. 주방 사람들은 집에 갈 시간이 얼마 남지 않았다는 생각에 축 처져 있던 몸을 분주하게 놀리기 시작했다. 하지만 나는 일을 끝내고 신문배달을 해야 했다. 거기다비까지 내리고 있어 마음이 무거웠다.

쓸쓸한 마음에 창가에서 담배를 피웠다. 그런데 어디선가 목탁 두드리는 소리가 들려오더니 창가에 나이 지긋한 스님이 나타났다. 비를 맞으며 목탁을 두드리던 스님은 당황하는 나에게 물었다.

"혹시 김희숙이라는 사람이 어디 사는지 아십니까?"

김희숙이라면 내가 살고 있는 자취방과 가까운 곳에 살고 있는 고모의 딸이었다. 불교 집안에서 자라 스님에게 친근한 감정이 있는 나는 별생각 없이 대답을 했다.

"제 사촌동생이 김희숙이에요. 제가 아는 희숙이가 스님이 찾으시는 희숙인지는 모르겠네요."

"A고등학교에 다니는 학생이에요. 키가 작고 피부가 까무잡잡하고."

"맞아요! 희숙이를 잘 알고 계시네요. 잠시만요, 희숙이네 집은 여기서 멀지 않아요."

희숙이네 집을 약도를 그려 가르쳐줬더니 스님은 환하게 웃으며 합장을 하고 나에게 인사했다.

'그런데 이렇게 늦은 시간에 희숙이는 왜 찾으시는 거지?'

나는 곧 마지막 손님들이 나가고 테이블을 정리하며 의아한 생각을 잊게 되었다.

다음 날이었다. 출근하기 전에 어머니로부터 전화가 왔다.

"글쎄…… 글쎄, 희숙이가 새벽에 교통사고가 나서…… 죽었 댄다……."

그날 나는 하루 종일 일이 손에 잡히지 않았다. 아주 친한 사촌동생은 아니었지만 어린 동생이 갑작스럽게 죽은 건 나에게도 충격적인 일이었다. 혹시 그 스님이 사촌동생의 죽음과 어떤 관계가 있는 것은 아닌지 불길한 느낌이 들었다.

그렇게 며칠이 흘렀다. 아르바이트를 마치고 술집을 나가기 전 창가에서 담배를 피우고 있는데, 또 목탁소리가 들렸다. 목탁소리는 점점 커지더니 며칠 전에 보았던 스님이 나타났다.

"또 청년을 만나는군요? 혹시 김명성이라는 사람이 어디 사는지 아십니까?"

명성 형은 나와 가끔 술자리도 하는 사촌이었다. 형의 집도 여기서 가까운 곳에 있었다. 나는 며칠 만에 나타나 사촌의 집을 찾는 스님이 왠지 모르게 의심스러웠다.

"스님, 제 사촌형 이름이 김명성인데, 혹시 그 형을 찾으시나요? 근데 왜 찾으시는 건가요?"

나는 조심스레 물었다. 스님은 말없이 빙그레 웃기만 했다. 그런데 얼굴은 웃는 표정인데, 눈은 마치 나를 노려보는 듯한 적의를 띠고 있었다. 사람의 눈동자라고 하기엔 너무 무서웠다. 눈빛만으로도 심장을 옥죄어버릴 수 있을 것만 같았다. 나는 그 눈빛에 압도되어 엉겁결에 알려주고 말았다.

"매번 고마운데 보답할 것이 없구먼."

언제 그런 눈빛을 지었냐는 듯 스님은 인자한 미소를 띠고 총총걸음으로 멀어졌다.

온몸에 기가 빨려나간 것만 같았다. 풀린 다리로 조심스럽게 계단을 내려가면서 나는 너무나 자연스러워서 생각지도 못한 사실을 발견했다. 술집은 2층이었던 것이었다. 나는 온몸에 소름이 돋은 채로 명성 형의 집으로 달려갔다.

'제발 아무 일도 없어야 하는데.'

10분여 만에 도착한 나는 헐떡거리며 명성 형의 자취방 문을 두드렸다. 자다 일어난 듯 형은 헝클어진 머리를 하고 눈을 비비며 문을 열어주었다.

"이 새벽에 무슨 일이야? 자는 사람 깨우고."

형에게는 아무 일이 없었다. 괜한 걱정을 한 것 같았다.

"아무 일도 아니야. 신문배달 가는 길에 형 생각나서 들렀어. 자는데 깨워서 미안해요, 형."

뭐라도 마시고 가라는 형의 말을 뒤로하고 나는 그 길로 신문배달을 하러 갔다.

'요새 너무 예민하게 구는 건가? 그런데 그 스님은 도대체 누구지?'

이런 생각을 하며 배달을 하러 갔다.

다음 날 이모로부터 형이 새벽에 집에서 죽은 채 발견되었다는 전화가 왔다. 나는 당황스럽기도 했지만 두려움이 온몸에 엄습해오는 것을 느꼈다. 나 때문에 사촌형제들이 죽었을지도 모른다는 죄책감이 들기 시작했다.

'내가 스님에게 집을 가르쳐주지 않았더라면……'

슬픔과 죄책감은 쉽게 사그라지지 않았지만, 나는 정신없이 살아가면서 차츰 마음을 추스를 수 있었다.

1년이 지난 어느 새벽, 주방에서 설거지를 하다가 인기척이 느껴져 고개를 돌려 창가를 보았다. 언제 나타났는지 늙은 스님이 나를 뚫어져라 쳐다보고 있었다. 깜짝 놀란 나는 스님을 향해 소리쳤다.

"난 아무것도 몰라요. 그러니까 빨리 돌아가세요."

스님은 엷은 미소를 지으며 천천히 다가왔다.

"그런 거라면 걱정 말거라."

"네?"

스님은 나를 지그시 바라보며 말했다.

"오늘은 널 찾아온 거니까."

끝나지 않은 이야기

벌써 오래전의 일이지만 지금도 나는 오빠 집에 가는 것이 꺼려진다.

조카 태민이의 돌이 갓 지났으니까 한참 아이 덕분에 즐거운 일이 많을 때였다. 오빠 부부는 맞벌이로 살림을 꾸렸고, 넉넉하지 않은 형편 때문에 신혼집은 전세로 7년을 계약했다. 적어도 아이가 5~6살 때까지는 안정된 곳을 확보해두고 싶었기 때문에 미리 주인집에 양해를 구해 장기계약을 한 것이었다.

그러던 중 올케언니가 갑자기 몸이 아파 몇 개월을 앓다 죽고 말았다. 길고 탐스러운 머릿결과 터프한 웃음소리가 매력이었던 올케언니의 죽음에 우리 식구는 모두 망연자실했다. 졸지에 태민이는 엄마 없는 아이가 되고 말았다. 그래서 엄마와 나는 번갈아가며 태민이를 돌보아주었다. 대학생인 나는 학교 수업이 없는 날마다 오빠네 집으로 갔다.

그런데 언젠가부터 태민이의 행동이 이상했다.

하루는 태민이가 안방의 침대 앞에 앉아 장난감을 가지고 놀다가 자지러지게 울기 시작했다. 내가 달려가 태민이를 안고 달래주었지만 그치지 않고 더욱 큰소리로 울었다.

그러더니 갑자기 울음을 뚝 그치고 잔뜩 겁을 집어먹은 표정을 지은 채 얼어 있었다. 달래줘도 안아줘도 아무런 반응을 보이지 않더니 울다가 그치기를 여러 차례 반복했다. 우유도 줘보고 어디 아픈 데가 있는지 살폈지만 이유를 알 수가 없었다. 그렇게 여러 번을 울더니 제풀에 지쳐 내 품에서 잠이 들었다. 그날은 종일 애를 먹었다.

다음 날은 학교 수업이 있어서 엄마가 태민이를 돌보러 갔다. 한나절이 지나 엄마가 태민이에게 점심을 먹였는데, 전날 그랬던 것처럼 갑자기 태민이가 정신없이 울더라는 것이다. 왜 우는지 영문도 모르겠고 조그만 아이가 힘겹게 울어대니까 어디가 아픈지 걱정이 돼서 엄마는 그 길로 태민이를 병원에 데려갔다고 한다.

의사는 태민이가 아무 이상이 없고 더할 나위 없이 건강한 상태라고 했다.

하지만 다음 날 내가 돌보러 갔을 때도 태민이는 소름끼칠 정도로 자지러지게 울어댔다. 게다가 그다음 날에는 태민이의 옷소매에서 긴 머리카락 뭉텅이가 발견되었다. 아이의 손목에 칭칭 감겨 있는 머리카락에 나는 소스라치게 놀랐다.

곰곰이 생각해보니, 태민이는 혼자 안방에 있을 때만 우는 것 같았다. 그래서 나는 안방을 구석구석 청소하며 혹시 이상한 물건이 있나 확인해보았다. 그러다 태민이의 옷소매에서 발견했던 긴 머리카락이 안방 구석구석에 떨어져 있는 것을 발견했다.

머리카락을 발견한 그 순간 어디선가 나를 보는 시선이 느껴졌다. 확 뒤돌아봤지만 아무것도 없었다. 안방에서 놀고 있는 태민이를 안아들고 거실로 발걸음을 옮겼다. 등 뒤로 또 누군가의 시선이 느껴졌다.

집으로 돌아가서 엄마에게 오늘 일어난 일들을 상세히 이야기하자, 엄마는 알고 지내던 용한 무당을 오빠네 집으로 불렀다. 그 무당은 신기가 있을 뿐만 아니라 퇴마사 능력도 있다고 했다.

그런데 그 무당은 집에 들어서자마자 표정이 어두워졌다. 아이가 혼자 놀고 있는 안방에 들어가서 아이를 유심히 살펴보다 입을 열었다.

"아이한텐 아무 이상이 없네, 이 사람아. 지금 당장 이사를 갈 수 없다면 이제부터 절대로 아기를 안방에서 재우거나 혼자서 놀게 하지 말게. 알겠나? 이승에 여한이 남아서 저승으로 떠나지 못하고 머물러 있는 영혼이 있어. 이 영혼이 아이를 무척 사랑했나 봐. 그래서 이 아이 곁을 못 떠나고 계속 붙어 있어.

"혹시 그 영혼이 여자인가요?"

"응, 맞아."

그 말을 듣자마자 엄마는 갑자기 떠오르는 생각이 있었다.

"혹시…… 태민이 엄마가?"

무당은 엄마에게 말했다.

"불쌍한 영혼이지만 아이한텐 치명적인 해를 끼칠 걸세. 부적 하나 써줄 테니 안방 문 앞에 붙여놓게나."

엄마는 다음 날부터 그 무당의 말대로 안방 문 앞에 부적을 붙이고, 아기를 절대 안방에서 재우거나 혼자 놀지 않도록 했다. 또 오빠에게도 태민이를 안방에서 재우지 말라고 신신당부를 했다. 오빠는 썩 내키지 않는 눈치였지만, 그래도 어머니의 말씀이니 신경을 쓰는 것 같았다.

그날 이후 태민이는 다시 예전처럼 해맑게 웃으며 장난감을 가지고 잘 놀았다. 아이가 더 이상 울지 않으니 마음이 놓이기 시작했다.

몇 달이 지나고 어느 날, 수업이 없어서 태민이를 돌봐주러 갔다. 쌓인 설거지를 하고 거실로 갔는데 아이가 보이지 않았다. 분명히 소파에 앉혀놓았는데 말이다. 순간 불길한 기운이 엄습했다.

'또 안방에서 놀고 있나?'

안방으로 발을 들여놓는 순간 방 안에 앉아 있던 아이가 나의 품을 파고들며 비명을 지르듯이 울기 시작했다. 순간 나는 무당의 충고가 생각나서 온몸에 소름이 돋으며 섬뜩해졌다. 아이를 안고 서둘러 안방을 나오다가 나도 모르게 안방을 돌아보았다.

그때였다. 천장을 향해 올라가고 있는 하얀 양말 두 짝이, 그리고 발목까지 내려오는 길고 치렁치렁한 검은 머리카락이 순간적으로 눈에 들어왔다가 사라졌다. 나는 깜짝 놀랐다.

내가 본 귀신 이야기를 하자 엄마는 그 머리카락이 태민이 엄마의 것이며, 어린 태민이를 두고 저승으로 떠나지 못해서 그런 것이라고, 앞으로 더더욱 조심하라고 했다.

'누군가가 죽으면, 그 영혼은 그 사람이 가장 사랑하는 사람
곁을 맴도는 것일까?'

내 집에서 나가

3년 전이었다. 대기업을 다니던 나는 힘든 회사생활에 몸과 마음도 많이 지쳐 있었다. 고민고민하다가 결국 퇴사를 결심하게 되었다. 그동안 모은 돈과 대출을 이용해 부동산 사업을 시작해보기로 했다.

사업을 시작하려면 먼저 사무실이 있어야 했다. 한 부동산에서 괜찮은 가격으로 내놓은 곳이 있어 찾아가 보았다. 싸게 나와서 그런지 썩 마음에 들지는 않았다.

"너무 낡았는데요?"

"가격이 워낙 싸잖아요. 그리고 리모델링하면 아주 새것 같을 거예요. 주인이 들어올 사람 찾으면 의견 들어보고 리모델링한다고 했으니까 걱정하지 마세요. 아주 싸고 좋게 나온 거예요. 어디 가서 이런 집 못 찾아요."

몇 군데 더 알아봤지만 부동산 아저씨 말대로 서울에서 그렇게 싸게 내놓은 집은 없었다. 주인집에서 리모델링도 해준다고 했고 서류나 건물 내부를 꼼꼼하게 살펴봐도 하자가 있어 보이진 않았다. 무엇보다 목이 좋았다. 사람의 발길이 많이 닿는 곳이었다.

"그런데 왜 이렇게 싼 겁니까? 다른 곳이랑 차이가 많이 나네요."

"그건 뭐……, 주인이 급하게 팔 이유가 있었겠죠."

부동산업자는 어물거리며 대답했다.

계약을 하고 사무실을 리모델링하는 동안 일할 사람도 뽑았다. 부동산을 하기 위해서는 본인이 공인중개사 시험에 통과하거나 공인중개사가 한 명 사무실에 있어야 허가가 난다. 그래서 공인중개사와 직원을 한 명 뽑았다.

리모델링 현장도 체크했다. 전체적으로 건물은 낡아 보였지만 사무실이 있는 1층은 말끔하게 정리되고 있었다. 공사가 모두 끝나고 책상과 컴퓨터 등 물품을 구입하여 사무실 정리를 모두 마무리 지었다. 사무실을 싸게 얻어 돈에 구애받지 않고 물품들을 마음껏 살 수 있었다. 한참 물건들을 배치하고 정리하고 있는데 직원이 물었다.

"복사기는 없어도 될까요? 제가 이런 곳에서 많이 일해봐서 아는데 복사기 한 대 정도는 있어야 해요."

"그러고 보니 복사기를 안 샀네. 새것 살 여력은 안 되고 중고로 하나 구입하죠. 희정 씨가 한번 알아봐줘요."

"네."

복사기까지 들여놓자 모든 정리가 끝났다. 다음 날은 개업식이라 직원들은 일찍 퇴근시키고 혼자 사무실 의자에 앉아서 쉬고 있었다. 이런저런 생각을 하다가 깜박 잠이 들었나 보다. 그런데 제일 마지막에 들여놓은 복사기가 말썽을 일으켰다.

"끼잉~"

복사기는 오래된 기계소리를 내더니 빛을 내며 복사를 하기 시작했다.

"이래서 기계는 새걸 사야 한다니까."

나는 잠에서 깨어 무거운 몸을 일으켰다. 그런데 복사기가 있는 곳으로 가는 동안 복사 속도가 점점 빨라졌다. 금방이라도 폭발할 것처럼 빨라지고 시끄러워진 복사기는 내가 다가서자 갑자기 복사를 멈추었다. 복사기에서 엄청난 열이 뿜어져 나오고 있었다.

복사되어 나온 종이를 보기 위해 전등 스위치를 켰다. 거기에는 검지가 잘린 사람의 손이 40장 정도 복사되어 있었다. 게다가 종이마다 실제 피 같은 붉은색 자국이 손가락 아래에 굳어 있었다. 나는 너무 무서워서 들고 있던 종이를 던져버렸다.

"아니, 이게 뭐야!"

그때였다. 내 자리에서 전화벨이 요란하게 울리기 시작했다. 떨리는 다리로 겨우 자리에 가서 전화를 받았다.

"네, A공인중개사입니다."

"……."

아무 대답이 없었다. 그런데 수화기를 전화기에 내려놓자마자 다시 전화벨이 울렸다.

"여보세요."

"……."

그러나 이번에도 아무 대답이 없었다. 수화기를 내려놓자 또다시 전화가 걸려왔다.

"여보세요."

"……."

"전화를 하셨으면 말씀을 하셔야죠."

나는 마음을 진정시키며 최대한 친절하게 말했다. 그러자 전화기에서 육중한 남자 목소리가 들려왔다.

"내 집에서 뭐하는 거야. 어서 나가지 못하겠나?"

"뭐야? 당신 누구야? 누가 이런 장난치래!"

나는 무섭기도 하고 어이도 없어서 그만 소리를 지르고 말았다. 그리고 또 전화기가 울리기 전에 전화 코드를 뽑으려고 책상 밑으로 허리를 숙였다. 그런데 머릿속을 스치는 생각이 있었다.

'맞다, 아직 전화 설치 안 했는데……'

순간 나는 머릿속이 하얘지고 다리의 힘이 모두 빠져버렸다. 사무실 밖으로 나가려는데 다리가 움직여지지 않았다. 그때 정전인지 불까지 꺼졌다. 극도의 두려움 속에서 정신을 차리고 사무실 문이 있는 곳으로 달려나갔다. 그러자 또 다시 복사기가 요란하게 돌아가기 시작했다. 나는 사무실 문을 활짝 열고 밖으로 나가기 전에 문득 뒤를 한번 돌아보았다. 그리고 그 자리에서 기절해버렸다.

복사기가 돌아갈 때 빛이 나면서 그 빛에 검지가 잘린 남자가 전화기를 들고 나를 쏘아보고 있는 모습이 보였던 것이다.

주기도문

   나는 지방의 한 호텔에서 객실청소 일을 하고 있다. 기독교를 믿기는 한데, '무늬만 교인'이란 말이 더 맞을지도 모르겠다. 호텔은 주변경치가 좋아 주말에 가족단위 손님이 많이 찾아온다.

   같은 팀과 주야교대로 일을 하는데 너무 피곤하거나 퇴근하기 싫은 날에는 손님이 없는 특실에서 잠을 청하곤 했다.

   언제부턴가 4층에 유독 손님이 잘 들지 않는 특실이 하나 생겨 내가 거의 전용으로 사용하다시피 했다. 사장도 그것에 대해 별다른 지적을 하지 않았다.

   어느 날이었다. 오전부터 바람이 세차게 불더니 저녁이 되자 비가 무섭게 퍼부었다. 차가 다니기 어려울 정도였고 도로는 빗물로 넘쳤다. 나는 친구들과 만나기로 했던 약속을 취소

할 수밖에 없었다. 기대했던 약속이었기 때문에 기분이 좋지 않았다.

'어차피 호텔에 있어야 하는데 마침 손님도 없겠다, 특실 욕조에서 목욕이나 하며 기분이나 풀자.'

나는 특실의 욕조에 따뜻한 물을 받아 목욕을 했다. 라벤더 아로마 오일을 물에 풀고 몸을 느긋하게 풀어주자 기분이 한결 좋아졌다.

한참을 욕조에 누워 잡지도 보고 음악도 들으며 시간을 보내고 있는데 밖에서 이상한 소리가 들렸다. 아무것도 걸치지 않은 상태여서 긴장이 되었다.

음악을 끄고 귀를 기울이니 바람 소리가 들렸다. 창문을 열어놓았는지 커튼이 바람에 심하게 흩날리는 소리였다. 나는 가운을 걸치고 나가보았다. 분명 방마다 모든 창문을 다 닫았던 것으로 기억하는데 창문이 열려 있고, 그 사이로 세찬 바람이 몰아치고 있었다. 얼른 창문을 닫아 바람을 막았다.

물기를 말리고 나는 침대에 큰대자로 누웠다. 금방 잠이 몰려오더니 막 잠이 들까 말까 하는 순간, 몸이 밑으로 축 처지는 기분이 들었다. 정신보다 몸이 먼저 잠든 것 같다는 표현이 맞을까? 아마도 가위에 눌리는 것 같았다. 정신을 바짝 차리고 일어나려 했지만 이미 가위에 눌려버린 상태였다. 꼼짝달싹 못한 채 조금씩 공포감이 몰려왔다.

그때 또 다시 바람 소리가 들렸다. 그리고 '끼이익~' 하는 이상한 소리도 들렸다. 온 방이 그 이상한 소리에 휩싸인 것만 같았다. 나는 기절할 정도로 긴장돼서 숨소리조차 낼 수 없었다.

그 순간, 나와 마주한 창문이 열리면서 어떤 형체가 창문으로 걸어 들어오는 것이 아닌가! 몸 전체가 큼직하고 머리가 짧은 실루엣의 남자 같았다. 얼굴은 눈, 코, 입의 형체가 불분명하고 아예 뭉개져 있는 것 같았다. 누가 봐도 사람이 아니라 귀신의 형상이었다.

온몸이 부들부들 떨리기 시작하면서 생각난 것이 바로 '주기도문'이었다. 나는 속으로 미친 듯이 주기도문을 외웠다.

"하늘에 계신 우리 아버지여, 이름이 거룩히 여김을 받으시오며……. 하늘에 계신 우리 아버지여, 이름이 거룩히 여김을 받으시오며……."

어떻게든 그 상황에서 벗어나려고 계속 반복해서 외우는데 첫 구절밖에 생각이 안 났다. 어쩔 수 없이 계속 그 구절만 반복했다.

그런데 내 앞으로 다가오던 그 귀신이 주기도문을 외우기 시작하자 움찔하면서 한 발짝 뒤로 물러나는 것이 아닌가!

"하늘에 계신 우리 아버지여, 이름이 거룩히 여김을 받으시오며……."

그런데 다음 구절을 못 외우니까 한 발짝 뒤로 물러났던 그 형체가 두 발짝 앞으로 다가왔다. 첫 소절을 외우면 한 발짝 뒤로 물러나고 다음 구절이 생각 안 나서 당황하면 두 발짝 나에게 다가오는 것이었다. 나는 미칠 것만 같았다. 평상시에 교회에 열심히 다니지 않았던 것이 그렇게 후회될 수가 없었다.

계속 반복하다 보니 그 형체가 바로 코앞에 올 즈음이 되었다. 나는 겁에 질려 눈을 질끈 감고 나오지도 않는 소리를 있는 힘껏 질렀다. 그때 몸이 확 풀리면서 가위에서 풀려났다.

'아, 살았다!'

가위가 풀림과 동시에 그 형체도 사라졌다. 고개를 들어 방을 둘러보니 창문이 닫혀 있고, 비도 그쳐 있었다.

가위에 눌렸을 뿐이었지만 그 형체가 너무나도 생생했다. 식은땀이 흘러 침대커버가 다 젖어 있었다. 치울 생각은 하지도 못하고 서둘러 그 방을 나가려고 하는데, 내 앞으로 어떤 형상이 쑥 다가왔다.

너무 놀라서 정신이 나갈 것만 같은데, 그 남자가 낮은 목소

리로 이렇게 주기도문을 외웠다.

"하늘에 계신 우리 아버지여, 이름이 거룩히 여김을 받으시오며……."

아까 내가 외우던 데까지만 말이다.

전신거울 속의 남자

　서울 인근의 도시에서 백화점을 경영하는 A라는 부유한 사업가가 있었다. 그는 평상시 구두쇠라는 평이 자자했다. 주변 사람들은 이 사람보다 더 야박한 사람은 찾을 수가 없다며 혀를 내둘렀다.

　하지만 나이가 들면서 A는 자신을 돌아보게 되었다. 돈도 벌 만큼 벌었고, 아이들도 장성하여 어느새 손자 손녀를 두게 되자 좋은 일에 돈을 써보고 싶은 생각을 하게 됐다. A는 사비를 털어 백화점 각 층의 화장실을 개조하여 고객들은 물론 직원들, 특히 여직원들이 편히 앉아 쉴 수 있는 공간을 만들어주기로 했다.

　개축공사를 시작하고 어느 정도 화장실 구조가 드러나고 있을 무렵 무서운 사고가 일어났다. 백화점 7층 화장실에서 공사하던 인부가 시체로 발견된 것이다.

그런데 이상하게도 시체는 아무런 외상이 없이 말끔했다. 핏자국도 없었고, 흉기 등에 찔리거나 맞은 흔적도 없었다. 다만 특이한 점은 목에 가느다랗게 붉은색 선이 그어져 있다는 것뿐이었다.

A는 문제가 복잡해질까 봐 그 일을 경찰에 알리지 않았다. 백화점 사업은 터가 중요하다. 미스터리한 살인사건이 일어났다는 흉흉한 소문이 퍼지면 매출에 심각한 타격을 입게 될 것이 뻔했다. 대신 유가족들에게 두둑하게 보상을 해주었다.

그런데 며칠 후 4층 화장실에서 또 다른 인부가 죽었다. 역시 아무런 외상 없이 목에 가느다란 붉은 선만 또렷하게 남아 있었다.

예사롭지 않은 일이라고 판단한 A는 그제야 경찰에 신고했다. 경찰은 특별수사반을 꾸리고 범인을 잡기 위해 온갖 노력을 기울였지만 헛수고였다. 인부들의 죽음은 풀 수 없는 미스터리로 끝날 것 같았다. 하지만 공사를 마무리짓지 못하고 그만둘 수는 없는 노릇이었다. A는 유능하다고 소문난 경비원을 수소문해서 채용했다. 그 경비원은 평범한 경비원이 아니었다.

태권도와 합기도 등 여러 무술을 섭렵하고, 전직 경찰로 두 차례나 살인사건의 용의자를 검거할 정도로 능력을 인정받은 정예 요원이었다. A는 그에게 큰돈을 주고 밤에 건물을 지키게 했다.

경비원은 바로 그날부터 근무를 시작했다.

"살인사건? 분명 정신병자의 소행일 텐데, 내가 반드시 잡고 만다!"

투철한 사명감에 사로잡힌 경비원은 모든 직원들이 돌아가고도 계속 건물 안을 순찰했다.

새벽 1시 즈음, 경비원이 7층을 돌고 있는데 어디에선가 "끼익~끼익~" 하는 기분 나쁜 소리가 들려 왔다.

경비원은 빠른 걸음으로 7층 이곳저곳을 둘러보며 소리의 근원지를 찾았다. 하지만 백화점은 한 층이 워낙 넓어서 아무리 빨리 다녀도 전체를 다 다니기가 힘들었다. 숨이 턱까지 차올랐지만 정확히 어디에서 소리가 나는지 알 수가 없었다.

그러다가 경비원은 7층 화장실 앞에서 멈춰 섰다. 소리는 화장실 안에서 들려오고 있었다. 경비원은 살금살금 화장실로 다가가 힘껏 문을 열어젖혔다.

"아악!"

화장실 문을 연 경비원은 일순간 놀라 뒤로 넘어갈 뻔했다. 웬 남자가 자기에게 확 달려드는 것이 아닌가!

　경비원은 방어 자세를 취하다가 순간 맞은편에 자신의 모습을 보고 코웃음을 쳤다. 화장실 안에서 그에게 달려든 남자는 커다란 전신 거울 속에 비친 자신이었던 것이다. 경비원은 거울을 샅샅이 살펴보았다. 아무래도 지금까지 화장실에서 죽은 사람들은 거울에 비친 자신의 모습을 보고 놀라서 죽은 것이 아닌가 하는 생각이 들었다. 게다가 전신 거울 옆에는 아직 정리되지 않은 타일 조각들이 어지럽게 널려 있었다.

　'거울을 보고 놀라서 비틀대다가 뾰족한 타일에 목이 긁힌 거 아닐까?'

　그렇게 잠정적으로 결론을 내린 경비원은 너무 늦은 시각이라 A에게 전화를 하는 대신 문자를 보냈다.

　'사장님, 사고 원인을 알아냈습니다. 화장실에 걸려 있는 전신 거울 때문에 인부들이 놀라서 심장마비로 죽은 것 같습니다. 목의 자상은 쓰러질 때 거울 옆의 타일조각에 긁히면서 생긴 것 같습니다.'

　경비원은 의기양양하게 전송 버튼을 누르고 화장실에 들어가 느긋하게 볼일까지 보고 나왔다. 얼마 지나지 않아 A로부터 전화가 걸려왔다. 경비원이 전화를 받자마자 A가 미친 듯이 소리를 질렀다.

"당장, 당장 거기서 나와요. 어서 빨리 나와요!"

"네? 왜 그러세요?"

경비원이 놀라서 물었다.

"아직 화장실에 거울을 달지 않았단 말이오!"

그 말을 듣자마자 경비원은 전신 거울이 있는 쪽으로 고개를 돌렸다. 거울 속의 남자는 한쪽 손에는 휴대전화를 들고, 다른 한 손엔 날카로운 갈고리를 든 채 자신을 노려보고 있었다.

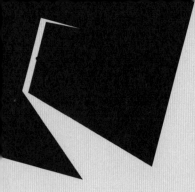

이상한 외출

2008년 가을, 내가 병원에 있을 때의 일이었다. 나는 아픈 것보다 하루 종일 병원에 있는 것이 더 괴로웠다. 얼마 전까지만 해도 지루할 틈도 없이 몸이 고통스러웠지만, 최근 상태가 좋아져서 전처럼 아프지는 않았다.

그래서 병실에 앉아 있기도 하고 옆 침대의 사람들과 얘기도 하곤 했다. TV 프로그램은 거의 외우다시피 할 정도로 며칠 동안 TV만 보기도 했다. 무료해진 나는 앞으로 퇴원해서 하고 싶은 것들을 노트에 적어보기도 했다.

일단 병실 안에서 할 수 있는 일부터 해보기로 했다. 나는 간호사 언니가 병실에 들어왔을 때 물었다.

"언니, 나, 요 앞에 도서관에서 책 좀 빌려와도 돼요?"

"응, 아영아. 선생님께 여쭤보고 얘기해줄게. 잠깐만 기다려."

잠시 후 간호사 언니는 우울한 표정으로 내 앞에 섰다. 나는 '역시 아직은 안 되는구나' 하고 체념했다. 그때 갑자기 간호사 언니가 얼굴 표정이 밝아지며 말했다.

"허락하셨어. 지금 2시니까 7시까지만 돌아오면 된대. 휴대 전화 꼭 챙겨가고. 그런데 혼자 갈 수 있겠니?"

"내가 어린앤가요? 요 근처에 있는 도서관도 혼자 못 찾아가게? 하하."

외출이라니 꿈같은 일이었다. 나는 요즘 이렇게 웃는 순간이 많아졌다. 행복이 다시 찾아오는 것 같았다.

"그런데 선생님이 너한테 한 가지 당부 말씀을 하시더라. 도서관 뒤쪽 언덕엔 가지 말라고. 너무 기운 빼지 말라고 하시는 말씀일 거야."

"네, 명심할게요. 그럼 저 나갔다 올게요."

나는 퇴원할 때 입으려고 고이 보관해 놓았던 옷으로 갈아입었다. 입원하고 환자복으로 갈아입을 때 내가 다시 입을 수 있을까 하고 엉뚱한 생각을 하며 놔뒀던 옷인데…….

병실을 나와 엘리베이터를 탔다. 1층을 누르고 기다리는데 엘리베이터가 올라가는 느낌이 들었다.

'이상하다. 내려가는 불이 들어오는데 엘리베이터가 왜 올라가지?'

분명 올라가는 느낌이었다. 그런데 막상 엘리베이터가 열리니 1층 로비였다. 나는 어리둥절해하며 엘리베이터에서 내렸다. 병원에 오래 있다 보니 감각이 좀 이상해졌을 거라 생각하고 병원을 나섰다.

도서관에 가려면 병원을 나와 우측으로 20미터 정도 가서 횡단보도를 건너야 했다. 횡단보도에 파란 불이 켜져 있어서 건너기 위해 뛰었다. 그런데 차들이 시끄러운 경적소리를 내며 쌩쌩 달리는 것이었다. 나는 놀라서 뒤로 물러났다. 그리고 다시 신호등을 확인했다. 분명히 파란 불이었다.

잠시 후 신호등이 빨간 불로 변하자 차들이 일제히 멈춰 섰다. 반대편에서 사람 둘이 건너기 시작했다. 나도 조심조심 걸어갔다. 이상한 일이었다. 마치 세상이 거꾸로 돌아가는 것 같았다.

'언제부터 빨간 불에 길을 건넜지?'

도서관은 언덕 중간쯤에 있었다. 가쁜 숨을 천천히 몰아쉬며 도서관 정문을 열었다. 도서관 안에는 많은 사람들이 이리저리 돌아다니고 있었다.

'그런데 도서관에 무슨 사람이 이렇게 많지?'

나는 사람들 틈을 헤치고 2층 문학자료실로 올라갔다. 자료실에는 책들이 빼곡하게 꽂혀 있었다. 그런데 가까이 가보니 책들이 전부 거꾸로 꽂혀 있는 것이 아닌가! 너무 이상해서 주위를 둘러보니 책을 보고 있는 사람들 역시 죄다 책을 거꾸로 들고 읽고 있었다.

이상하게 돌아가는 상황에 나는 당황하지 않을 수 없었다. 하지만 책을 빌리려는 목적을 잊진 않았다. 천천히 도서관 구경을 한 후 사서에게 책을 빌렸다. 그리고 다시 병원으로 가기 위해 발걸음을 옮겼다.

도서관을 나와 뒤편을 보니 야트막한 언덕이 보였다. 10분이면 충분히 갔다 올 수 있을 곳이었다. 올라가서 내가 있는 병원과 도시를 내려다보고 싶었다. 나는 선생님과의 약속을 어기고 언덕길을 올랐다. 5분 정도 올랐을까? 묘지가 몇 개 있었다. 어린아이들의 묘인지 크기가 아담했다. 그런데 세 번째 묘를 본 순간 나는 내 눈을 의심하지 않을 수 없었다.

'2008년 여름. ○○병원에서 김아영, 19세의 짧은 생을 마감하고 이곳에 눕다.'

나와 이름과 나이가 똑같았다. '동명이인이겠지'라고 생각한 순간 묘지 앞에서 할머니가 내게 주신 목걸이가 반짝거렸다. 그것은 내가 제일 아끼던, 할머니가 돌아가시면서 물려주신 목걸이였다.

　　해가 뉘엿뉘엿 지면서 하늘은 붉게 물들고 있었다. 나는 놀란 마음을 가라앉히고 시간을 확인했다. 내 전자시계는 마이너스를 표시하며 거꾸로 가고 있었다.

음악부실의 피아노 소리

은진은 풍물 동아리에서 활동하고 있는 고등학생이다. 학교 수업과 병행하는 것이 쉽지 않았지만 남다른 애착을 가지고 열심히 활동했다.

1학년 여름방학이 되면서 은진이는 2학년 선배들과 함께 가을에 있을 축제를 위해 합숙훈련을 시작했다. 동아리 방은 학교 옆에 있는 언덕 위 강당에 있었다. 강당은 꽤 넓었다. 앞쪽으로는 큰 무대가 있었고 뒤쪽으로는 무용부와 풍물부, 음악부, 그리고 체육부실이 있었다. 정문에서 떨어져 있고, 인적도 뜸하지만 그 덕에 아무 신경 쓰지 않고 마음껏 연습할 수 있었다.

그날도 어김없이 풍물 동아리 학생들은 축제를 위해 모여서 연습을 하고 있었다. 그런데 저녁 7시가 조금 넘은 시간, 음악 동아리 방에서 피아노 소리가 들려왔다.

"아니, 이 시간에 누가 피아노를 치고 있지? 오늘 음악부 연습 있나?"

"아니야, 오늘 풍물부 연습밖에 없어."

그런데 풍물부 학생들이 연습을 멈추자 피아노 소리도 딱 그치는 것이었다. 이상한 생각에 음악부 연습실 문을 열어보았지만 무대에 커튼이 드리워져 있어서 누가 앉아 있는지 보이지 않았다.

"뭐야, 이거! 보복하겠다는 거야?"

"아이씨, 또 누가 장난치는 거야?"

동아리에서 활동하는 학생들은 틈만 나면 치기 어린 장난을 일삼으며 상대가 놀라는 모습을 즐기는 사이였다. 풍물부 학생들은 음악부 동아리의 누군가가 자기들을 향해 장난을 치고 있는 것으로 생각했다. 그도 그럴 것이 지난주에 풍물부의 학생하나가 음악부 동아리가 연습을 하는데 지금과 같이 똑같은 방식으로 꽹과리를 쳐서 장난을 쳤다.

풍물부는 개의치 않기로 하고 다시 연습을 시작했다.

8시 즈음 되었을까? 선배들이 저녁거리를 사 오겠다며 자리를 비웠다. 은진은 혼자서 장구 연습을 시작했다. 선배들은 능

숙하게 연주하는데, 자기 실력이 못 미치는 것 같아 불안했다. 그래서 계속해서 연습을 매진했다. 한창 연습을 하고 있는데, 또 피아노 소리가 들리는 것 같았다. 은진은 장구채를 내려놓았다. 그러자 피아노 소리도 끊겼다. 다시 장구를 치자 또 피아노 소리가 들려왔다. 마치 장구 소리에 피아노가 반응하는 것 같았다.

'뭐지? 장난이 너무 심하잖아!'

그때 선배들이 연습실로 돌아왔다.

"은진아, 왜 연습 안 하고 있어?"

"선배, 음악부실에서 계속 장난을 쳐요. 장구를 치면 따라서 피아노를 치고, 장구를 안 치면 또 따라서 안 치는데…… 이거 너무한데요. 가서 좀 따지고 올게요."

"너 그러다 싸우겠다. 같이 가자."

"아니에요. 오히려 같이 가면 분위기만 나빠질지 몰라요. 혼자 가서 잘 타일러볼게요."

"그래? 그럼, 싸우지 말고 잘 이야기하고 와. 먹을 건 너 오고 같이 먹자. 우린 일단 연습하자."

선배들이 연습을 시작하자 다시 피아노 소리가 들렸다. 은진은 피아노 소리를 따라 음악부실로 향했다. 그런데 음악부실

문을 여는 찰나, 선배들의 연습 소리가 딱 멈추었다. 그러자 피아노 소리도 멈췄다. 은진은 왠지 등골이 서늘해졌다.

풍물부실로 돌아가 선배들에게 물었다.

"왜 멈추세요?"

"네가 그만하라고 소리 질렀잖아."

"네? 아니에요. 저 안 그랬어요. 이상하네. 갔다 올 테니까 계속 치고 계세요."

은진은 다시 음악부실 쪽으로 걸어갔다. 또 다시 선배들의 신명 나는 연습 소리가 이어졌고 그에 따라 은진의 발걸음도 빨라졌다. 그런데 얼마 못 갔을 때 또 다시 연습소리가 뚝 그쳤다. 은진은 이 모든 것이 선배들의 장난이 아닐까 하는 생각이 들었다. 몰래카메라처럼 대상을 자기로 선정하고 모두가 합심해서 장난을 치고 있는 것 같았다.

풍물실로 들어간 은진은 일부러 웃음을 띠고 말했다.

"선배님들, 다 알아요. 지금 저 놀리려고 작전 세워서 행동하는 거죠?"

"야, 네가 손을 휘저으면서 그만하라고 했잖아. 너야말로 지금 장난하냐?"

순간 조용해졌다. 장난인지 아닌지 판단이 서지 않았다.

은진이 말했다.

"제가 손을 휘젓든 소리를 지르든 일단 계속 치세요."

이렇게 딱 잘라 말하고는 다시 음악부실 쪽으로 걸어갔다. 이번엔 연습 소리가 계속되었다. 그런데 음악부실 앞에 거의 다다랐을 때 또 다시 연습 소리가 끊어졌다. 은진이는 머리끝까지 화가 났다.

'선배들이 나를 놀리려는 게 분명해.'

은진이는 너무 분해서 눈에 눈물까지 고인 채 선배들에게 다시 돌아갔다. 그리고 마구 화를 냈다.

"저 정말 화 많이 났거든요. 왜들 그러세요. 도대체!"

"우리가 뭘, 네가 바로 연습실 문 앞까지 와서 그만하라고 했잖아."

"……"

그 말을 듣자 은진이는 갑자기 소름이 돋았다. 선배들 누구 한 사람 웃지 않고 진지해 보였기 때문이었다.

"저는 계속 무대 쪽으로 걷기만 했어요. 소리를 지르지도 않았고 손을 휘젓지도 않았다고요."

선배들의 표정이 점점 얼어붙기 시작했다. 마침내 선배들과 은진이는 다 함께 피아노 앞으로 가보기로 했다. 선배 둘만 남아서 장구를 치고 있기로 했다.

선배 둘이 장구를 치는 동안 또 피아노 소리가 울렸다. 은진이와 선배들은 음악부실까지 갔다. 그리고 문을 여는 순간! 갑자기 장구가죽이 확 찢어졌다. 그리고 피아노 소리가 멈추었다.

피아노 의자에는 아무도 없었다.

PART 3

비명을 잃어버린
사람들

밤 10시, 도서관의 남학생

나는 고등학교에 다니는 딸아이를 둔 40대 중반의 전업주부다. 더 늦기 전에 뭔가 새로 시작하고 싶은 마음에 공인중개사 자격시험을 준비하기로 했다. 그 결심을 하고 나서부터 나는 딸아이와 함께 동네에 있는 시립도서관에 다니기 시작했다.

나를 위해 공부를 시작했지만, 나는 도서관에서 딸아이가 공부하는 모습을 보는 것이 행복했다. 반대로 엄마인 내가 공부하는 모습을 딸아이에게 보여줄 수 있는 것 또한 자랑스러웠다. 아이에게도 공부하려는 의욕을 불어넣어줄 수 있을 거란 생각도 들었다.

도서관은 매일 공부하는 중·고등학생들뿐 아니라 나와 비슷한 연배의 사람들도 꽤 많았다. 마침 딸아이의 기말고사와 공인증개사 자격시험이 맞물려 우리는 거의 한 달 넘게 늦게까지 공부를 하고 집으로 돌아왔다.

그런데 어느 날부터인가 내 앞자리에 앉은 남학생이 눈에 들어오기 시작했다. 얼굴이 창백한 남학생은 열심히 공부에 집중했다. 왠지 어딘가 몸이 불편해 보였지만, 그 학생은 늘 늦은 시간까지 자리에 남아 있었다.

공부하면서 그 학생을 유심히 관찰하게 되었는데 자리에서 일어나는 모습을 단 한 번도 본 적이 없었다. 우리 모녀는 도서관이 문을 닫기 30분쯤 전에 집으로 가는데, 남학생이 먼저 일어나는 것을 단 한 번도 보지 못했다.

'아무리 공부가 중요해도 그렇지, 저럴 수가 있을까? 도서관 문 닫을 때까지 화장실도 안 가고 집중력이 참 대단하네.'

나는 그 남학생을 볼 때마다 속으로 이렇게 생각했다. 의아하기도 하고, 기특하기도 했다. 그런 마음이 들자 다음엔 엄마 같은 마음으로 간식이라도 챙겨 와서 나눠줘야겠다는 생각이 들었다.

다음 날 딸아이와 함께 먹을 저녁 도시락을 싸고 간식을 챙기다가 그 학생이 떠올랐다. 그런데 이상하게도 아이의 얼굴이 조금도 생각나지 않았다. 바로 내 앞에 앉아 책을 열심히 들여다보던 실루엣은 눈에 아른거렸지만 이목구비는 전혀 기억나지 않았다.

"이상하네. 거의 매일 봤는데 왜 생각이 안 나지?"

한참을 생각해도 얼굴이 영 떠오르지 않자 뭔가 찜찜한 기분이 들었다.

어쨌든 나는 그 학생에게도 나누어줄 간식과 도시락을 싸들고 도서관에 갔다. 역시나 그 학생도 우리가 도착하기 전에 이미 자리에 앉아 있었다. 남학생의 얼굴을 보자, 괜히 반가운 마음이 들었고 찜찜했던 기분은 어디론가 사라졌다.

짐을 풀고 간식을 꺼내들었다. 그리고 작은 목소리로 그 남학생에게 속삭였다.

"이봐요, 학생. 이것 좀 먹어봐요."

"······."

"이거 이상한 거 아니야. 열심히 공부하는 게 하도 기특해서 아줌마가 나눠 먹을려고 주는 거야."

"······."

그런데 그 아이는 내가 바로 앞에서 말을 하는데도 고개도 들지 않은 채 아무 대꾸도 없었다. 내가 목소리를 너무 작게 해서 그런가 싶어 조심스레 아이의 어깨에 손을 댔다. 그제야 고개를 들었다. 아이는 한쪽 입 꼬리만 올라간 묘한 웃음을 지으며 불쑥 손만 내미는 것이었다.

나는 당황하여 얼떨결에 간식을 담은 그릇을 건네주었다. 아이는 감사하다는 말도 없이 고개만 살짝 움직여 목례했다. 짧은 시간에 일어난 그 아이와의 첫 대면은 왠지 모르게 오싹했다. 괜한 오지랖을 부린 건가 살짝 후회도 들었다.

그날 밤, 10시가 가까워오자 도서관에 나와 그 남학생만 남았다. 딸아이는 그날따라 배탈이 났는지 배가 아프다며 일찍 집에 들어갔다. 딸아이를 따라 같이 집에 가려고 했는데, 아이가 자기 때문에 엄마가 공부를 그만두고 집에 가는 게 싫다며 극구 만류했다. 아이에게도 독한 마음으로 공부하는 엄마의 모습을 보여주고도 싶어 도서관에 남았다.

이 시간이 되면 평소 대여섯 명이 남는데, 그날따라 아무도 남아 있지 않았다. 나는 가방을 정리하고 자리에서 일어났다. 그 학생은 오늘도 변함없이 일어날 생각을 하지 않고 있었다. 간식 그릇도 챙겨야 해서 나는 조심스럽게 말을 건넸다. 다행히 아무도 없기에 이번에는 소리를 조금 높였다.

"학생, 공부하는데 미안. 혹시 간식 다 먹었으면 그릇 좀 줄래?"

"네."

별일이다. 아까는 그렇게 침묵하던 아이는 질문이 끝나기 무섭게 활달하게 대답했다. 하지만 낭랑한 대답과 달리 아이의 얼굴은 더욱 창백해 보였다. 핏기 없는 얼굴에 나는 섬뜩한 기분이 들었다.

"아줌마가 뭐 하나 물어봐도 될까?"

"네."

"학생은 왜 자리에서 일어나지도 않고 하루 종일 앉아 있어? 혹시 어디 아픈 건 아니야?"

오싹하기도 하고, 한편으론 안쓰러운 마음도 들어서 나는 평소에 궁금했던 것을 아이에게 물었다. 그러자 남학생은 나를 노려보더니 음산한 목소리로 대꾸했다.

"바닥에 디딜 발이 있어야 집에 가죠!"

옆에 있는 친구에게서
온 전화

나와 경미는 오랫동안 친하게 지낸 사이다. 같은 학교를 다니며 친해졌는데 죽이 잘 맞아서 금방 좋은 관계로 발전했다. 서로 상부상조해서 공부도 열심히 해보자며 같은 학원에 등록을 했다.

오늘은 개교기념일이라 집에서 쉬다가 오후에 학원에 갈 때쯤 함께 가기로 약속했다. 오늘따라 비가 많이 쏟아졌다. 하필이면 이런 날 약속에 늦고 말았다. 아파트 1층에 내려와서 보니 우산을 놓고 와서, 우산을 가져와서 걷다 보니 핸드폰을 놓고 나온 것을 알게 되었다. 약속장소로 가는 동안 경미한테서 여러 번 전화가 왔다. 한참 통화를 하면서 걷고 있었는데 어딘가에서 나를 봤는지 경미가 전화를 끊었다.

그런데 벨소리가 울리기 시작했다. 발신자를 보니 방금 통화를 마친 경미였다. 전화를 받으려는 찰나 경미가 내 옆으로 다가와 어깨를 툭 쳤다. 나는 휴대전화를 받지 않고 경미와 반갑게 인사를 주고받았다.

그런데 계속 벨이 울렸다. 신기한 건 경미는 휴대전화를 가방에 넣어둔 채였다.

세상에, 이런 일이 가능해? 우리는 너무 놀랐다. 눈앞에 분명 경미가 있고, 경미 핸드폰이 가방에 있는데, 어떻게 내 핸드폰에 경미의 번호가 찍힐 수 있을까? 나는 놀란 눈으로 경미를 쳐다보았다. 경미는 장난스러운 표정을 지으며 말했다.

"야, 재밌겠다. 한번 받아봐. 요새 광고 서비스 전화 많잖아. 아무 번호나 찍었는데 우연히 내 번호일 수도 있는 거고. 히히히, 뭘까? 재밌겠다."

나 역시 별생각 없이 전화를 받았다. 핸드폰에서는 아무 소리도 들리지 않았다. 전혀 다른 세상인 듯 무거운 정적만 흘렀다. 너무 고요했다. 그런데 귀를 기울여보면 들릴 듯 말 듯한 숨소리가 느껴졌다. 누군가 통화하고 있다는 걸 인지한 내가 말을 하기도 전에 전화기에서 이런 말이 들렸다.

"경미를 조심해!"

그 소리를 듣자마자 소름이 끼쳤다. 나는 하마터면 핸드폰을 놓칠 뻔했다. 그 순간 내 머릿속으로 어떤 이미지가 스쳐 지나 갔다. 내가 교통사고를 당해 온몸에 피를 흘리며 차도에 누워 있는 모습이었다. 나는 핸드폰의 종료 버튼을 누르고 궁금한 표정으로 서 있는 경미에게 말했다.

"이상한 숨소리만 나더니 조용해졌어. 괜히 기분이 오싹해진 다."

"별것 아닐 거야. 정말로 잘못 걸려온 걸 수도 있는 거고."

"그런데 경미야, 이상하게 꺼림칙한 기분이 들어."

"야야, 학원이나 가자. 지각하겠다."

나는 도저히 그 전화에서 들려온 말과 내 머릿속을 스치고 간 이미지를 경미에게 이야기할 수 없었다. 학원에 도착해 수 업을 들었지만 나는 조금 전에 있었던 일이 자꾸 신경 쓰였다.

수업 종료를 알리는 벨이 울렸다. 학원 수업은 굉장히 빡빡 했기 때문에 나와 경미는 지칠 대로 지쳐 있었다. 집으로 돌아 오고 있는데 저기 멀리 떡볶이와 어묵을 파는 포장마차가 보였 다. 우리는 누가 먼저랄 것도 없이 그곳으로 달려갔다. 떡볶이와 어묵을 사 먹으며 수다를 떨고 나니 스트레스도 조금은 풀리는 것 같았다. 조금 전의 이상한 일들도 마음속에서 사그라질 것처럼 마음도 가벼워졌다.

포장마차를 나와 경미와 걷고 있는데, 소나기가 쏟아졌다. 나는 가지고 있는 우산을 경미와 함께 썼다.

핸드폰에서 벨소리가 울렸다. 또 경미의 핸드폰 번호가 찍혀 있었다. 순간 나와 경미의 눈이 마주쳤다. 나는 무의식적으로 휴대전화에 귀를 가져다댔다. 아무 소리도 들리지 않았다. 경미를 바라보았다. 친구의 얼굴은 여전히 밝았다.

'에이, 누가 장난치나 보다.'

그 순간 수화기에서 누군가 이렇게 외쳤다.

"빨리 도망쳐!"

나도 모르게 내 얼굴이 일그러졌다. 내 얼굴을 확인한 경미는 일순간 표정이 굳더니 갑자기 나를 차도로 밀었다. 순간 트럭이 달려왔고 나는 트럭에 치여 허공에서 한 번 회전을 하고 바닥에 철퍼덕 떨어졌다. 몇 시간 전에 봤던 대로 피를 흘리며 도로 한가운데 쓰러진 내 눈동자는 경미를 쫓았다.

'도대체 네가 왜⋯⋯?'

입가에 음흉한 미소를 띠고 있는 경미가 내 휴대전화를 만지작거리고 있었다.

필사의 고갯짓

　고등학교를 다닐 무렵, 나는 어느 오빠를 좋아하고 있었다. 그때는 무서울 게 없었다. 내 감정을 표현하는 데 주저하지 않았고 행동은 거침없었다.

　고3이 되어 수능시험을 치르고 대학에 막 입학할 즈음이었다. 나는 그만 사귀던 오빠의 아이를 임신하게 되었다. 부모님은 노발대발하셨다. 나는 아이도 낳고 대학을 다니고 싶었다. 하지만 부모님은 나와 가치관이 너무도 달랐다. 두 분 때문에 나는 선택의 기로에 설 수밖에 없었다.

　대학과 아이 사이에서 고민하던 나는 생명을 버릴 수 없었다. 그래서 식상한 영화에나 나올 법한 수법을 동원했다. 부모님 앞으로 간절한 내용의 편지를 써놓고 가출을 한 것이다. 난 아이를 낳을 테니 사랑하는 딸을 잃고 싶지 않으시다면 제발 내 부탁을 들어달라고. 이렇게 하면 분명 내 목적이 이루어질 거라 생각했다.

내 예상은 빗나가지 않았다. 오빠와 혼인신고를 올렸고, 아이를 낳으면 결혼식을 치르기로 했다. 입학하자마자 휴학을 했지만, 너무나 행복했다. 하루 빨리 뱃속의 아이와 만나고 싶었다.

그런데 아이를 가진 지 얼마 지나지 않아 배가 너무 아팠다. 침대에 몸을 일으켜 세우는데 시트에 붉은 피가 묻어 있었다. 덜컥 겁이 났다.

병원에 갔더니 의사는 아이가 유산되었다고 했다. 며칠을 울며불며 통곡하던 나는 점점 우울해졌다. 이런 나를 보고 안되겠다 싶었는지 부모님은 나에게 다음 학기에 복학을 하는 것이 어떻겠냐며 권유하셨다.

시간이 약일까? 나는 소중하게 키우고 싶었던 아이를 유산한 아픔의 상처를 조금씩 잊어갔다. 오빠와 정식으로 결혼식도 치르고 즐겁게 하루하루를 보냈다. 몇 년 후 기쁜 소식이 생겼다. 두 번째 아이를 갖게 된 것이었다. 마지막 학년이 남아 있었지만, 무리하고 싶지 않아 휴학계를 내고 집에서 태교와 몸

조리에 모든 것을 쏟았다.

드디어 아이를 만날 수 있는 시간이 일주일 앞으로 다가왔다. 나는 아이를 위한 것들을 하나둘 준비하면서 즐거운 날을 상상했다.

그런데 아이가 태어나기 며칠 전 이상한 꿈을 꾸었다. 마치 전래동화 속 이야기가 꿈속에서 펼쳐지는 듯했다.

떡을 파는 할머니로 둔갑한 호랑이의 이야기였다. 호랑이에게 떡을 주지 않아서 내가 잡혀 먹히는 꿈이었다. 그즈음 아이의 태교를 위해 내가 읽었던 동화의 영향인가 싶어 대수롭지 않게 여겼지만, 음산했던 분위기만은 지워지지 않았다.

며칠이 지나 아이가 나올 것 같은 통증이 시작됐다. 서둘러 오빠와 함께 병원에 갔다. 곧 극심한 진통이 왔다. 죽을 듯이 괴로웠지만 곧 아이를 만날 수 있다는 생각에 이를 악물고 참았다. 마침내 아이가 나왔다.

하지만 이게 웬일인가! 내 몸에서 나온 아이가 또 죽고 말았다.

이번엔 정말 충격이 컸다. 내가 전생에 무슨 죄를 지었기에, 아니면 우리 조상이 무슨 업보가 있기에 두 번이나 아이를 잃는 일이 생긴 걸까?

그 상처를 치유하는 데는 오랜 시간이 걸렸다.

몇 년 후 마지막이라 생각하고 다시 아이를 갖게 되었다. 큰 기대를 하지 않아서일까? 눈에 넣어도 아플 것 같지 않은, 아무리 칭얼대도 사랑스럽기만 한 작고 예쁜 딸아이가 태어났다. '기쁨의 눈물이 흘렀다'는 말을 온몸으로 실감할 수 있었다. 그런데 아이를 받은 산부인과 의사는 이렇게 말했다.

"아이가 이상합니다. 태어나자마자 머리를 좌우로 흔들어댑니다. 지금껏 이런 현상은 한 번도 본 적이 없어서 어떻게 설명해드릴 수가 없네요. 다행히 생명에 지장은 없습니다. 하지만 아이가 왜 머리를 흔드는지, 언제 멈출지는 저도 알 수가 없습니다."

엄마는 나에게 네 인생도 참 기구하다면서 혀를 찼다. 혹시나 하는 마음에 절에 나가 열심히 기도를 해보라고 하셨다. 아이를 품에 안고 절로 향했다. 절에 들어서자마자 어느 스님이 황급히 나에게 다가왔다. 스님은 두 눈을 동그랗게 뜨고 진지한 표정으로 말했다.

"아이 머리를 일부러 멈추게 하지 마십시오. 부디 제 말을 명심하세요. 그것만 지키면 이 아이는 장수할 운명입니다."

모든 상황을 꿰뚫는 듯한 스님의 눈빛에 나는 더 이상 아무 말도 못 하고 절에서 돌아왔다. 그날부터 나와 우리 집 식구들은 딸아이가 머리 흔드는 것을 억지로 멈추게 하지 않으려고 각별히 신경을 썼다. 정상적이지 않았지만, 머리 흔드는 걸 빼면 다행히 아이는 건강했다. 그렇게 한 생명이 커가는 모습에 보람을 느끼며 나는 하루하루를 아슬아슬하지만 행복하게 지냈다.

아이가 태어난 지 꼭 한 해가 되는 날이었다. 사진을 찍어주기 위해 열심히 촬영을 했지만 아이가 머리를 흔들어서 제대로 된 사진을 기대하기는 무리였다. 그래도 나는 스님의 말씀을 떠올리며 머리를 붙들고 싶은 마음을 억눌렀다.

그런데 내 인생에서 돌이킬 수 없는 충격적인 사건이 벌어지고 말았다. 돌잔치에 놀러 온 손님 중 하나가 아이랑 사진을 찍다가 커다란 실수를 했다. 그 손님은 머리를 흔들어대는 아이를 고정시켜놓고 사진을 찍었던 것이다. 카메라 불빛이 터지는 순간 사랑스러운 딸아이의 몸이 두 동강이 났다.

며칠 후 인화된 사진을 보고 나는 할 말을 잃고 말았다. 그리고 하염없이 목 놓아 울었다.

아이의 머리 정 가운데 위에 도끼를 쳐든 저승사자가 카메라를 노려보고 있었던 것이다. 아이는 그 도끼를 피하려고 머리를 흔들고 있었던 것이다.

불타는 아이

대학교 3학년 때였다. 미대를 다니던 나는 값비싼 미술용품을 구입하기 위해 틈틈이 미술학원에서 아르바이트를 하고 있었다. 학교 선배가 원장으로 있는 학원이라 다른 학원에서 강사로 일하는 것보다 마음은 편했다. 하지만 학교 수업 후 학원에 와서 아이들을 가르치고 집에 돌아가 학교 과제까지 한다는 것이 결코 쉬운 일은 아니었다. 그래서 나는 항상 시간에 쫓겨야 했다.

내가 가르치는 학생들은 대부분 초등학생이었다. 어린아이들의 맑은 눈망울을 보고 있으면 나도 모르게 피곤이 풀어지곤 했다.

학교 과제에 쫓기면서 미술학원 강사로 일한 지 6개월쯤 되었을 때였다. 학원생 중에는 수연이라는 예쁜 여자아이가 있었는데 그 아이가 이틀째 학원에 나오지 않고 있었다. 그림 그리는 것을 좋아해 한 번도 빠진 적이 없는 아이였기에 걱정이 되었다.

수연이는 색에 대한 감각이 타고난 아이였다. 하지만 태어날 때부터 소아마비로 몸이 불편했다. 그래서 항상 그림이 수연이가 생각했던 것과는 다르게 삐뚤게 그려지곤 했다. 수연이는 그것이 속상해 혼자 화장실에서 울곤 했다.

5일 만에 수연이가 학원에 나왔다. 아이는 환하게 웃으며 말했다.

"선생님, 걱정하셨죠? 몸이 뜨거워서 집에서 쉬었어요."

"감기에 걸렸었구나? 이제 괜찮니?"

"네, 괜찮아요. 선생님, 오늘은 뭘 그리나요? 빨리 그림 그리고 싶어요."

"그래, 그림 그리고 싶겠구나. 자, 그럼 모두 이번 주에 일어났던 일 중에 가장 기억에 남는 일을 그림으로 그려봐요. 최대한 색깔 표현에 신경을 많이 쓰고. 알았죠?"

나는 색 감각이 뛰어난 수연을 향해 미소를 짓고 그림 주제를 알려주었다. 하지만 금요일이라 그런지 아이들이 집중을 못

했다. 다들 집에 가고 싶어 안달이었다.

"다들 그림 그리기 싫구나? 으이그~ 그럼 주말까지 꼭 완성해 오기다!"

아이들은 일제히 환호성을 지르며 물감과 붓을 챙겨 학원을 빠져나갔다. 다른 아이들에 비해 동작이 느린 수연은 아이들이 다 나가고 나서야 자리에서 일어섰다. 나는 수연이에게 다가갔다. 그런데 평상시 나를 잘 따르던 수연이가 황급히 가방을 들고 밖으로 나가버렸다. 평소와는 다른 행동에 조금 당황했다.

월요일 수업시간이 되었다. 주말을 보내고 온 아이들이 서로 할 얘기가 많았는지 학원 안이 시끄러웠다.

"주말 잘 보냈어요?"

"네~."

아이들의 우렁찬 대답을 들으며 물었다.

"그럼 숙제도 다 해왔겠네?"

대답이 시큰둥했다. 귀여운 아이들. 이럴 때마다 나는 아이들이 너무 귀여웠다. 그래서 야단칠 수가 없었다.

"그럼 안 해온 사람들은 지금부터 열심히 그리고 다 해온 사람들은 선생님이 돌아다니면서 볼 거니까 이젤 위에 올려놓고 기다려요."

아이들의 그림을 하나하나 보면서 잘못된 점과 잘된 점을 말해주고 있었다. 다음은 수연이 차례였다. 그런데 방금까지 있던 수연이가 사라지고 없었다. 수연이의 미술 재료들과 그림만 덩그러니 이젤 앞에 놓여 있었다.

'화장실에 갔나?'

수연이의 그림을 보려 했지만 그림은 없었다. 그리고 수연이는 돌아오지 않았다. 걱정이 된 나는 수업이 끝나고 수연이의 집에 전화를 해보았다. 하지만 아무도 받지 않았다.

이틀 후, 나는 수연이의 집으로 찾아갔다. 학교 수업을 일찍 마치기도 했지만 학원에서 가까운 곳에 수연이의 집이 있었다. 수연의 집 문 앞에 서서 벨을 눌렀다.

"누구세요?"

"수연이 미술학원 선생님인데요. 수연이가 학원에 가방을 놓고 가서요."

"네? 수연이가요? 언제 놓고 갔죠?"

"이틀 전입니다. 그런데 수업 도중에 갑자기 사라져서……."

"어서 돌아가세요. 수연이는 저번 주에 사고로 죽었습니다. 수연이 물건을 보면 아내가 또 상처받을 겁니다. 죄송하지만 돌아가주세요."

나는 순간 멍해지고 말았다. 한편으로 이런 생각도 들었다.

'아이를 학원에 그만 보내려고 그러는구나. 그렇다고 죽었다고 말할 것까지야…….'

수연이의 부모님은 매우 부유한 사람들이었는데, 이상하게 아이를 밖으로 내보내는 것을 싫어했다. 아마도 사람들의 시선을 의식하는 것 같았다. 학원도 보내지 않으려는 것을 졸라서 어쩔 수 없이 보내고 있다는 말을 수연이에게서 들은 기억이 났다. 그래서 '수연이가 아예 가방을 학원에 놓고 집에서 몰래 나오나 보다'라는 생각이 들었다.

학원으로 가기 위해 발걸음을 옮기다가 뭔가 아쉬워서 뒤돌아 수연이의 집을 바라보았다. 높은 담벼락 위로 2층 지붕이 불에 타서 그슬린 것이 보였다. 이상하다는 생각을 하며 학원으로 갔다. 학원에 도착해 보니 강의실에 수연이가 혼자 그림을 그리고 있었다.

"수연이 일찍 왔구나. 어제는 왜 안 왔니? 집에서 부모님이 못 가게 했어?"

"……."

수연이는 대답 없이 그림만 그렸다. 나는 가까이 다가가 물었다.

"그런데 무슨 그림을 그렇게 열심히 그리니?"

수연이는 강렬한 붉은색으로 2층으로 된 자기 집을 그리고 있었다. 집에 불이 붙어 활활 타고 있는 그림이었다. 그 불길 속에서 수연이가 몸을 꼬며 괴로워하고 있었다. 그리고 1층 정원엔 수연이의 부모님으로 보이는 30대 후반의 남녀가 그 모습을 바라보며 미소 짓고 있었다. 그때 갑자기 수연이가 내 쪽으로 고개를 홱 돌리며 말했다.

"선생님, 몸이 너무 뜨거워요!"

그 말을 듣고 나는 고개를 돌려 수연을 보았지만 아이는 없고 의자만 있었다. 온몸에 소름이 돋은 나에게 한 가지 생각이 떠올랐다.

'설마, 그럴 리가……'

나는 떨리는 손으로 수화기를 들어 경찰에 신고를 했다. 그 후 나는 끔찍한 사실을 알게 되었다. 수연이가 며칠 전에 정말로 불에 타 죽었다는 것이었다. 그리고 또 한 가지 사실을 알게 되었다. 수연이는 친딸이 아니라 입양된 아이였다.

통문 근처의 초소

문산에서 군생활을 할 때였다. 수색대였던 나는 두 연대가 가상으로 전쟁을 하는 훈련에 대안군으로 참여하게 되었다. 특수요원으로 3명이 한 조가 되어 적의 주요기지를 폭파하는 임무였다.

상병이었던 나는 대안군 참여가 두 번째였다. 경험이 없는 일병, 그리고 이번이 세 번째 대안군으로 참여한 고참과 함께였다. 적의 심장부를 타격하기 위해 계획을 세우고 장비를 챙겨 출발지를 떠났다. 한참을 걸어 흩어지기로 한 지점에 도착했다.

"지금부터 개인별로 움직인다. 정신 똑바로 차리고 2시간 뒤에 약속 장소에서 만난다!"

"예. 알겠습니다."

나는 팀과 헤어져 강가의 갈대밭을 엄폐물 삼아 허리를 숙여 천천히 이동했다. 그런데 날씨가 말썽을 부리기 시작했다. 먹구름이 몰려오더니 천둥번개를 동반한 세찬 비바람이 몰아쳤다. 소나기인 것 같아 잠시 피해 있을 곳을 찾았다. 약속장소까지 가는 시간을 넉넉히 잡아둬서 쉬어가도 시간상 문제는 없었다.

멀리 통문 근처에 초소가 하나 보였다. 폐쇄된 통문이라 초소에 근무자가 없는 듯했다. 나는 그곳으로 달려가 번개라도 멈추길 기다리고 있었다. 초소 아래에서 군홧발이 진흙에 질척이는 소리가 점점 가까워졌다.

나는 경계 자세를 취했다. 부사관 한 명이 사병도 거느리지 않고 초소에 올라왔다. 암호를 대고 간부를 맞았다.

"충성!"

"음~ 그래, 충성! 여기는 초소 근무를 하지도 않는 곳인데 어떻게 왔나?"

"대안군으로 훈련 중에 천둥번개를 동반한 비가 와서 잠시 비를 피하려고 오게 됐습니다."

"그럼, 잘못 찾아온 것 같은데? 여기는 귀신이 나타나는 초소라고, 허허허."

실없는 농담이었지만, 그 덕에 나는 잠시 긴장을 풀 수 있었다. 하사는 농담인지 진담인지 알 수 없는 말투로 이곳 초소의 귀신이야기를 해주겠다며 입을 열었다.

"3년 전이었어. 그 일이 있었던 건⋯⋯. 지금 우리가 있는 이곳 통문에 30대 초반의 남자가 출입을 요구했지. 우리는 그 요구를 들어줄 수가 없었어. 그 당시 1년 전, 젊은 남녀가 낚시를 하겠다고 들어가서 자살하는 사건이 일어났거든. 그때부터 부대에선 낚시하는 사람들을 들여보내지 않았어. 그런데 그 남자가 1년 전 죽은 여자가 바로 자신의 친동생이라며, 그날이 기일이라고 하더군. 들여보내달라고 사정을 했지만 결국 그 남자를 집으로 돌려보냈지."

여기까지 말하고 하사는 긴 한숨을 쉬었다. 그리고 다시 말을 이었다.

"내 잘못은 아니지만 아직도 난 알 수 없는 죄책감이 들어. 내가 허락만 했어도 김 일병이 죽진 않았을 텐데⋯⋯."

"그곳에서 무슨 일이 벌어졌습니까?"

"김 일병, 김 일병이 죽었네. 다음 날 밤에 김 일병과 박 상병이 야간근무를 나가게 됐어. 그런데 통문을 지나면서 김 일병이 이상한 행동을 하더라는 거야. 총에 대검을 꽂더니 허공을 향해 총을 찌르고 고래고래 소리를 질렀다고 하더군. 박 상병은 우선 그곳을 빠져나가야겠다는 생각에 김 일병을 붙잡고 다음 초소로 이동하려고 했대. 그런데 김 일병의 손을 잡았을 때 반대편에서 누군가가 김 일병을 잡아당기는 느낌이 들더래. 박 상병은 있는 힘을 다해 김 일병을 끌고 통문으로 왔어. 김 일병도 평소처럼 되돌아왔어. 아까 왜 그랬냐고 박 상병이 물었더니 김 일병 하는 말이 웬 젊은 남녀가 다가오더니 여자가 왜 자기 오빠를 돌려보냈느냐며 너라도 같이 가자고 자기를 잡아당겼다고 했다는군."

"그럼, 김 일병은 어떻게 죽었습니까? 살아서 돌아오지 않았습니까?"

"음, 김 일병은 다음 날 아침부터 앓아눕기 시작했어. 무슨 꿈을 꾸는지 대검을 꽂은 총을 든 것처럼 팔을 사방으로 휘두르면서 말이야. 결국 3일 만에 병명도 모른 채 죽고 말았지. 김 일병이 죽던 날, 이곳 초소도 강물에 떠내려갔다네."

'이곳 초소가 떠내려가다니? 그럼 여기는 어디란 말이지?'

곰곰이 듣고 있던 나는 이야기의 앞뒤가 맞지 않는 것을 알게 되었다.

"하사님, 지금 말씀하신 거 사실입니까? 아니면 절 놀리시려고……"

내 말에 하사는 아무런 대꾸가 없었다. 농담이라고 하기엔 그의 태도가 너무도 진지했다. 하사는 고개를 돌렸다. 그를 따라 나도 고개를 돌렸다가 다시 하사 쪽으로 눈을 돌렸는데, 짧은 순간 증발해버린 것처럼 그는 보이지 않았다.

"하사님! 하사님!"

주위를 둘러봐도 하사의 모습은 찾아볼 수 없었다. 순간 판초우의에 빗방울이 떨어지는 게 느껴졌다. 방금까지 얘기하고 있던 하사와 초소가 거짓말처럼 없어진 것이다. 정신을 차려보니 나는 팀원들과 흩어지기로 한 지점에 있었다. 멀리 강물에 초소가 유유히 떠내려가고 있었다.

온몸에 소름이 돋았다. 나는 정신없이 달리기 시작했다. 초소의 근무자들이 보였다. 나는 그들에게 간밤에 만난 하사관에 대해 이야기하고 그가 누구인지 물어보았다. 두 사람은 깜짝 놀란 표정을 짓더니 곧 고개를 저었다.

"부소대장님을 보신 것 같은데, 근데 그게 말이 되지 않습니다. 저희도 초소 교대하기 전에 소식을 들었습니다만, 부소대장님께서 오늘 아침에…… 돌아가셨다고 합니다. 실은 몇 년 전부터 시름시름 앓고 계시긴 했는데…… 어떤 고참 말로는 죽은 김 일병이 데려간 거라고 했습니다만."

나는 훈련은 까맣게 잊은 채 그 자리에 멍하게 서 있을 수밖에 없었다.

우리 손자한테서
당장 떨어지지 못해!

    나는 지방대학으로 '유학'을 가서 기숙사에서 지내다가 방학이 되어 서울의 집으로 왔다. 모처럼 좀 쉴까 했는데, 집에 도착해 보니 고등학교에 다니는 동생이 아프다며 집에 있었다. 머리가 아프고 속이 메스껍고 도무지 힘이 없는데 몸은 천근만근 무겁고 쑤신다는 것이다.

    며칠 동안 비실비실 앓기만 하는 아이를 그냥 놔두면 안되겠다 싶었는지 부모님은 동생을 병원에 입원 시켰다. 집에는 할머니도 계셔서 엄마가 병원에 있을 수는 없었다. 졸지에 나는 신나는 방학은커녕 동생 병간호를 해야 했다.

    부모님 대신 동생 보호자 노릇을 하며 동생이 이런저런 검사란 검사는 다 받는 것을 지켜보았는데, 특별한 병명이 잡히지 않았다. 도대체 환자도 모르고 의사도 모르는데 병원에 계속 있어야 하나 싶은 생각이 들었다. 어쨌든 첨단 의료기기인 CT, MRI를 이용해서 몸속을 검사하고, 하루에도 몇 번씩 피를 뽑아 검사했는데도, 원인은 밝혀지지 않았다. 돈은 돈대로 쓰고, 동생은 동생대로 지쳤다. 다행히 증상이 나빠지지는 않아서 퇴원하기로 했다. 부모님은 몸보신이나 시켜야겠다며 동생이 퇴원하는 날, 소고기를 준비해놓았다.

다리가 불편하셔서 거실에 잘 나오시지 않던 할머니는 퇴원해서 돌아오는 손자를 맞이하러 방 밖으로 나오셨다. 그런데 동생은 소고기를 몇 점 먹는 둥 마는 둥 하더니 방에서 쉬고 싶다고 했다. 할머니도 화장실에 가고 싶다며 식탁 의자에서 천천히 몸을 일으켰다. 그러곤 화장실을 향해 가시다가 열려 있는 동생 방문을 보시고는 기겁을 하셨다. 그러더니 소리를 지르고 욕을 하시면서 지팡이를 마구 휘두르셨다.

혹시 할머니가 치매가 걸리신 건 아닌지 나뿐 아니라 부모님도 놀란 표정을 지었다. 우리는 서둘러 할머니에게 다가갔다. 할머니는 다리 아픈 사실도 잊어버렸는지 어느새 동생 방 앞까지 걸어가 있었다. 할머니는 동생이 귀신에 씌었다며, 여자귀신이 동생을 타고 앉았다며 갖은 욕을 쏟아냈다. 아버지가 나서서 할머니를 말리려고 했지만, 할머니는 막무가내로 버티시면서 저년을 동생한테서 빨리 떼 내고 쫓아내야 한다고 야단이었다. 다리를 부들부들 떨면서 눈에 불을 뿜을 만큼 노기가 등등했다. 그렇게 할머니가 한동안 소릴 지르고 욕을 할 때였다.

살짝 열려 있었던 동생의 방문이 스르륵 닫혔다. 동생은 침대에 누워 있고 아무도 방문을 손대지 않았는데, 움직인 것이다. 나는 무의식적으로 문을 다시 열었다. 그랬더니 다시 문이 또 스르륵 닫혔다. 바람이 부는 것도 아니었다. 나는 섬뜩해하면서도 문을 또 열었다. 이번에는 아예 활짝 열어 젖혔다. 그랬더니 신경질적으로 문이 쾅 하고 닫혀버렸다.

나와 부모님이 모두 얼이 빠져 있는 사이, 할머니는 방문을 힘껏 열었다. 그런데 아프다며 누워 있던 동생이 어느 틈엔가 침대에 앉아 있었다. 며칠 동안 인상만 쓰던 얼굴도 편안해 보였다. 동생은 머리가 아프지 않다고 했다.

할머니는 화장실에 다녀오시더니 액막이를 해야 한다면 부엌에서 칼을 가져오라고 했다. 할머니는 동생머리를 식칼로 빗질하더니 침을 세 번 뱉고는 현관 쪽으로 칼을 던졌다.

"떨어져, 이년아! 감히 내 손자한테 붙어? 나쁜 것!"

나는 소름이 돋았다. 동생은 거짓말처럼 화색이 돌고 말짱해졌다.

뮤지컬 야간 공연

용호는 주위를 두리번거렸다. 그러나 영아는 아직 보이지 않았다. 약속시간이 30분이나 지났다. 용호는 휴대전화로 영아에게 전화를 걸었다.

"지금은 전화기가 꺼져 있어 전화를 받을 수가……."

결과는 똑같았다. 용호는 종료 버튼을 누리고 매표소 앞을 서성거렸다. 소극장에서 하는 뮤지컬 공연시간은 이제 10분밖에 남지 않았다. 30분이 더 흘렀을까. 멀리서 영아가 뛰어오는 모습이 보였다.

"선생님, 정말 죄송해요. 급하게 나오느라 배터리 없는 줄도 몰랐어요. 근데 버스 타고 오다가 트럭하고 승용차하고 충돌하는 사고가 났어요. 승용차가 보기 흉하게 찌그러지고 길바닥에 피가 흘러나오고 너무 끔찍했어요. 어휴. ……많이 기다리셨죠? 영아 얼굴 보고 화 푸세요."

"선생님 화 안 났어. 걱정돼서 그랬지. 버스에서 차사고 보고 많이 놀랐지? 어디 가서 앉을까? 그나저나 뮤지컬은 못 보겠다. 시간이 지나버려서……."

"왜 못 봐요! 다음 회 보면 되잖아요. 그러니까 걱정 마시고 맛있는 저녁 사주세요. 네?"

"그래, 그럼 저녁부터 먹자."

영아가 아무 일 없이 와준 것만으로 용호는 기분이 풀렸다.

용호와 영아는 고등학교에서 교사와 제자 사이다. 그래서 용호는 영아를 만날 때 주위를 살피는 버릇이 생겼다. 크게 문제될 것은 없지만, 소문이 나서 좋을 것도 없었다.

용호는 근처 음식점에서 저녁을 먹고 영화를 볼지 영아가 좋아하는 노래방을 갈지 고민하고 있었다. 그때 영아가 말문을 열었다.

"선생님, 뭘 그렇게 생각하세요?"

"으음, 아니야. 아무것도."

"밥 먹고 뭐해야 할지 고민하고 있는 거죠? 다 알아요."

용호는 영아와의 나이 차이를 자주 의식했다. 그래서 영아

또래의 아이들이 좋아하는 것을 알기 위해 인터넷에서 검색을 하고 이것저것 준비하고 나오지만, 막상 영아를 만나면 같이하기가 쉽지 않았다.

"어떻게 알았니? 그럼 영아는 지금 하고 싶은 거 없어?"

"아까 뮤지컬 보기로 했잖아요."

"뮤지컬은 그게 오늘 마지막 공연이야."

"아니에요. 매표소에서 그렇게 기다렸으면서 포스터도 못 봤어요? 오늘 야간 공연한다고 포스터에 쓰여 있었잖아요. 공포 뮤지컬답게 야간에 하는 특별 공연이라고."

"그래? 나는 왜 못 봤지?"

용호와 영아는 공연시간까지 거리를 돌아다녔다. 용호는 다른 사람들의 시선이 부담스러웠지만 영아는, 그렇지 않은 듯했다. 용호는 액세서리점이나 팬시점 가는 것을 좋아하는 영아를 따라다녔다. 1시간쯤 돌아다니다가 둘은 다시 뮤지컬 공연장 앞 매표소로 갔다. 매표소에는 정말 포스터가 붙어 있었다. 하지만 주위에는 사람이 아무도 없었다.

"사람도 없는데 그냥 가자."

"무슨 말씀. 제가 얼마나 보고 싶어 했던 공연인데요. 그냥 갈 수 없죠. 입구에 문이 열려 있는 걸 보면 안에 사람이 있을 거예요. 들어가봐요. 선생님."

용호는 영아의 손에 이끌려 공연장으로 들어갔다. 표를 검사하는 사람이 있었다. 둘은 시간이 지난 표를 내밀었지만, 운 좋게 극장 안으로 들어올 수 있었다.

극장에는 생각보다 많은 사람들이 자리에 앉아 있었다. 용호와 영아는 뒤쪽 남는 자리에 앉았다. 이내 극장에 불이 꺼지고 공연이 시작되었다.

공포 뮤지컬답게 극장 안에는 섬뜩한 기운이 맴돌았다. 30분쯤 지났을까? 무섭던 공연은 점점 지루해지고 있었다. 극장 안의 사람들도 용호와 비슷한 생각을 했는지 앞쪽의 사람들이 하나둘 일어나서 공연장을 빠져나가기 시작했다.

"선생님, 재미없죠. 우리도 나갈까요?"

"그래, 그러자."

두 사람이 일어서려고 가방을 챙기고 있을 때였다. 앞줄의 사람들이 나가면서 두 사람 앞을 지나갔다. 그런데 용호는 뭔가 이상한 점을 발견했다. 영아도 그것을 느꼈는지 겁먹은 표정으로 용호를 바라보았다.

앞줄에 있던 사람들이 용호와 영아의 앞을 지나쳤다면 당연히 시야가 가려 무대가 보이지 않아야 하는데 그들의 몸을 통

해 공연 무대가 보였던 것이다. 두 사람은 엄습하는 두려움을 안고 허겁지겁 공연장을 빠져나왔다. 그런데 나오면서 보니 응당 있어야 할 공연 관계자들이 아무도 없었다. 들어오면서 보았던 포스터에는 스탬프로 크게 글씨가 찍혀 있었다.

'오늘 야간 공연 취소!'

옛 친구의 갑작스러운 부탁

인수는 대학 동창인 태성의 아파트에서 며칠 살게 되었다.

태성은 대학을 다닐 때 인수의 단짝친구였다. 둘은 많은 시간을 함께 보냈고, 많은 추억을 쌓았다. 졸업 후 태성은 신문기자로 활동했고, 인수는 초등학교 교사가 되었다. 서로 바빠지면서 왕래가 줄어들긴 했지만, 다행히도 사는 곳이 10분 거리의 같은 동네에 있었다. 그 덕에 가끔씩이나마 연락을 하며 서로의 안부를 묻곤 했다.

얼마 전 인수가 퇴근하고 아파트로 돌아와 보니 우편함에 웬 열쇠꾸러미가 들어 있었다. 의아한 생각이 든 인수는 고민하다가 일단 열쇠를 들고 집으로 올라가기로 했다.

그때 전화벨이 울렸다. 태성이었다.

"인수야, 나 태성이다. 혹시 몰라서 우편함에 열쇠꾸러미 넣어놨는데 봤니? 그거 우리 집 열쇠다. 다름이 아니라 집안일 때문에 아내랑 형네 집으로 내려왔어. 금방 볼일을 마칠 줄 알았는데, 아무래도 며칠 있어야 할 것 같다. 정말 미안한데, 우리 아파트에서 아들녀석 좀 돌봐줄 수 없겠니? 며칠이면 돼."

"아니, 갑자기 그런 부탁을 하면……."

"미안하다, 정말 미안해! 나도 염치없는 짓인 줄 알아……. 그래도 한 번만 도와다오!"

친구의 간절한 부탁에 인수는 피치 못할 사정이 있겠거니 생각하고 도와주기로 했다.

"고맙다! 인수야! 내가 또 연락할게. 부탁한다!"

이것저것 물을 틈도 없이 태성이는 전화를 끊어버렸다. 사실 이상한 점이 하나둘이 아니었다. 아이 혼자 집에 남겨졌다면 애초에 아이 친구의 집이나 인수의 집에 아이를 맡기는 편이 나을 텐데 왜 집으로까지 가서 아이를 봐달라는 것인지, 아이가 친근한 대상이 아닌 기껏해야 몇 번 본 적 있는 자신에게 부탁을 한 것인지, 그것도 열쇠꾸러미까지 줄 거였으면 만나지도 않고 우편함에 넣은 것인지.

어쨌든 인수는 일단 며칠 정도 지낼 옷과 짐을 트렁크에 담아 태성의 아파트로 갔다. 태성의 아들은 인수를 보자 어색한 기색을 감추지 못했다. 하지만 자기 집이기 때문인지 어느 정도 시간이 지나자 익숙해진 듯했다.

가지고 온 옷들을 장롱 안에 정리하려고 하는데, 왠지 기분이 으스스했다. 장롱은 한동안 쓰지 않았는지 싸늘한 기운이 감돌고 있었다. 모두 세 칸이었는데 두 칸은 비어 있었고 나머지 한 칸은 잠겨 있었다. 인수는 중요한 물건이라도 넣어 두었나 생각했다.

다음 날이었다. 학교에 출근하고 수업에 들어가서 판서를 하고 있는데 한 아이가 말했다.

"선생님, 옷에 핏자국 같은 게 묻어 있어요."

화장실에 가서 거울에 비춰 보니 양복의 목 뒤 언저리에 핏자국이 묻어 있었다. 누가 장난을 쳤는지, 아니면 등교하는 길에 누군가와 부딪친 적이 있는지 곰곰이 생각하다가 대수롭지 않게 넘겼다.

그런데 그다음 날, 동료 교사가 또 같은 것을 지적했다.

"김 선생님, 그거 핏자국 아닌가요?"

교무실의 거울에 비춰 보니 흰색 와이셔츠 목 뒤 언저리에 핏자국이 또 묻어 있는 것이었다. 이틀이나 연속으로 같은 곳에 얼룩이 묻어 있기도 예사롭지 않은 일이었다. 인수는 섬뜩한 기분이 들었다. 하지만 그 일을 신경 쓰기에 일상이 너무 바빴다. 학교 업무를 처리하는 것만 해도 정신없었다. 그 와중에 퇴근 후에는 아파트에 혼자 있는 재호가 이만저만 신경 쓰이는 게 아니었다.

수업을 마치고 태성의 아파트로 왔는데, 그날따라 재호의 얼굴이 핏기가 없어 보였다. 무슨 일이 있었으냐고 물어도 아이는 고개만 절레절레 흔들 뿐, 아무 말이 없었다. 하지만 인수는 아이가 뭔가 불안해하고 있다는 걸 직감할 수 있었다. 함께 지낸 지 사흘째 되는 날이었다. 인수는 아이에게 기분이라도 전환해줄 생각으로 가까운 피자 가게에 데리고 갔다.

"아저씨, 아빠랑 엄마가 보고 싶어요. 집에 늦게까지 혼자 있으려니까 너무 무서워요."

재호는 피자를 먹지도 않고 눈물만 흘렸다. 인수는 마음 한구석이 짠해졌다. 재호에게 아저씨네 집에 가서 함께 지내다가 아빠, 엄마가 오면 다시 집으로 돌아가면 어떻겠느냐고 물었다. 하지만 재호는 단호하게 싫다고 말하며 고개를 저었다. 아이가 뭔가 단단히 숨기고 있는 느낌이 들었다. 인수는 더 이상 말하지 않고 아이가 피자를 다 먹기를 기다렸다가 아파트로 돌아왔다. 재호를 재우고 인수는 밤늦게 TV를 켜고 마감뉴스를 보았다.

"며칠 전 모 신문사의 기자인 L 씨가 목이 잘린 채 발견되었습니다."

소파에 앉아 있던 인수는 자신의 눈을 믿을 수가 없었다. 피살자의 사진은 바로 태성이가 아닌가! 그런데 뉴스는 계속해서 더 끔찍한 소식을 전했다.

"경찰은 L 씨의 외도를 알아챈 L 씨의 아내가 살인청부업자를 고용해 L 씨를 살해했다고 말했습니다. 현장에서 L 씨는 머리가 절단된 채 몸통만 발견되었습니다. 그리고 오늘 새벽 L 씨의 아내 역시 시체로 발견됐습니다. 아직 살인범의 행적이나 살인 동기는 찾지 못했습니다."

바로 그때, 초인종이 울렸다.

"누구세요?"

"……."

"누구세요?"

인수는 심장이 멎을 것만 같았다. 조심스레 인터폰 화면을 보았다. 그런데 현관문 앞에는 머리가 없는 몸뚱이가 서 있는 것이 아닌가. 인수는 자기가 헛것을 보고 있는 것 아닌가 생각이 들어 자세히 보았다가 몸뚱이가 화면을 주시하려는 것처럼 움직이는 것을 보고 너무 놀라 그 자리에서 기절하고 말았다.

정신을 차려보니 다음 날 아침이었다. 인수는 모든 게 꿈인가 싶었다. 조심스럽게 현관문을 열어보았다. 문 앞에는 아무것도 없었고 편지 한 장이 놓여 있었다.

'인수야, 고마워. 네 옷은 잘 빌려 입었다.'

태성이의 글씨였다.

'내 옷을 빌려 입었다니 무슨 말이지? 여기에 왔었다는 건가?'

문득 머릿속에 어떤 생각이 번쩍 든 인수는 망치를 들고 안방으로 들어갔다. 잠겨 있던 장롱의 자물쇠를 부수고 문을 열었다.

그 안에는 인수의 대학 단짝이었던 태성이의 머리가 피범벅이 된 채 놓여 있었다.

스토커

"성적도 안 오르면서 학원비만 타가면 뭐하니? 빠지지 말고 학원을 열심히 다녀야지."

"내가 언제 빠졌다고 그래! 저번 주에 한 번 빠진 것 가지고 엄만 너무 들들 볶는 거 아냐? 그냥 빠진 것도 아니고 학교에 일이 있어서 그랬던 건데."

승미는 중학교 때 부모님이 이혼해서 엄마와 단둘이 살고 있는 고등학생이다. 승미네는 경제적으로 어려운 탓에 고등학생인 승미의 학원비를 마련하는 것이 쉽지 않았다. 그래서 그날 아침 엄마는 답답한 마음에 승미에게 한마디를 했다. 승미가 이런 엄마의 마음을 모르고 자신을 야단치는 엄마를 야속하게만 생각하는 것은 어쩔 수 없었다.

아침에 엄마와 다투고 등교하는 승미는 마음이 심란했다. 그 마음을 더욱 심란하게 만드는 것은 우중충한 날씨였다. 엄마와 다투고 길을 나서는데 비가 추적추적 내렸다. 그날따라 지하철에는 사람들이 너무 많았다.

"어휴~ 벌써 여덟시잖아. 짜증나게 또 지각하겠네. 비는 내리고 사람은 많고! 이게 다 엄마 때문이야."

승미는 괜히 엄마 탓을 했다. 결국 지각을 한 승미는 복도에서 벌을 서야 했다. 게다가 평소에 모범생인 승미는 졸다가 두 번이나 선생님께 걸려 야단을 맞았다. 승미는 그날의 일들이 다 엄마와 다툰 탓이라고 생각했다. 승미는 학교 수업을 마치고 아빠에게 전화를 걸었다.

"오늘 아빠 집에 가서 자도 돼?"

"왜, 무슨 일 있니? 또 엄마랑 싸웠구나?"

"어? 어……."

"그래, 대신 학원은 갔다가 와야 한다. 알았지? 엄마한텐 아빠가 전화하마."

수업이 끝나고 학원에 가는데 며칠 전부터 학원 앞에 서 있던 이상한 남자가 그날도 여지없이 서 있었다. 그 남자는 승미가 학원에 들어갈 때마다 출입구에 서서 승미를 지긋이 바라보았고, 또 학원에서 나올 때 역시 승미를 지켜보았다. 처음에 승미는 별다른 생각 없이 이상한 아저씨라고 여겼는데, 출입구에 숨어서 음흉하게 자신을 바라보는 그 남자를 계속 마주하자니 무서웠다.

남자는 그날따라 검은 반팔 티셔츠를 입고 검은 모자를 푹 눌러 써서 더욱 음침한 기운이 뿜어져 나왔다. 남자의 검은 티는 비에 젖어 몸에 딱 달라붙어 있었다. 승미는 학원 수업에 집중할 수가 없었다. 아침에는 엄마와 다투고, 저녁엔 이상한 남자까지 만나고 나니 심란했다.

학원이 끝나고 종종걸음으로 아빠의 집이 있는 오피스텔로 향했다. 오피스텔 입구에 들어서서 엘리베이터 문을 닫는 순간, 입구 모퉁이를 돌아 들어오는 검은 모자를 쓴 남자와 눈이 마주쳤다.

'아니, 저 남자가 날 따라온 거야?'

그때 휴대전화에서 문자알림 소리가 났다. 확인해보니 아빠로부터 한 시간 전에 문자가 와 있었다.

'아빠 오늘 갑자기 접대해야 할 중요한 구매자가 생겨서 늦으니까 엄마한테 가렴.'

승미는 아빠 집으로 들어가서 자신을 쫓아오는 남자로부터 벗어나려 했지만 문자는 그런 승미의 생각을 물거품으로 만들었다. 하지만 다행히도 승미에게는 아빠 집 열쇠가 있었다. 엘리베이터에서 내리자마자 뛰다시피 집에 들어가 문을 걸어 잠갔다.

'저 남자가 왜 여기까지 쫓아왔지? 날 해치진 않을까?'

승미는 괜히 엄마와 다퉜다는 생각이 들었고, 집에 없는 아빠가 원망스럽기도 했다. 그래서 마음을 안정시키기 위해 거실에 있는 전화로 남자친구에게 전화를 걸었다.

"오빠, 오늘 엄마랑 다퉈서 아빠 집에 왔는데 좀 늦으신다고 하셔. 그래서 무서워서 전화했어. 이상한 사람이 쫓아오는 것 같기도 하고."

"이상한 사람? 이상한 사람이라면 혹시 요새 너희 학원에서 들리는 이상한 소문의 주인공?"

"이상한 소문이 뭔데?"

"모르고 있었구나? 여자한테 비참하게 차여서 자살한 남자…… 그 남자가 밤마다 나타나서 사귀던 여자애랑 비슷하게 생긴 애들 쫓아다닌다더라. 스토커처럼."

그때 휴대전화로 아빠에게서 전화가 걸려왔다.

"오빠, 아빠한테 전화 왔어. 이따가 다시 걸게."

집 전화를 끊고 휴대전화를 받았다. 아빠는 중요한 구매자들과 함께 있어서 바로 올 수가 없다며 승미에게 먼저 자고 있으라고 했다.

아빠와의 통화를 끝냈는데 다시 집 전화가 울렸다.

"여보세요?"

"승미야! 지금 당장 집에서 나와서 택시 타고 엄마 집으로 가! 응? 지금 당장 나가!"

남자친구의 다급한 목소리였다.

"무슨 일이야, 오빠?"

"아무 말 말고 빨리 나와!"

승미는 영문도 모른 채 겁에 질려서 아빠의 집을 빠져 나왔다. 택시를 타고 엄마 집으로 가니 엄마와 남자친구가 있었다.

"어디 다친 데 없니? 집에서 나오는데 별일 없었던 거지? 휴, 무사해서 다행이다."

남자친구가 안도의 한숨을 쉬고 있었다.

"오빠, 무슨 일인데 그래?"

승미는 의아해하며 남자친구에게 물었다. 남자친구는 잠시 뜸을 들였다가 대답했다.

"승미 너랑 아까 통화하고 전화를 끊는데 거친 남자 숨소리가 들리는 거야. 잘못 들었겠지 하고 전화를 끊으려고 했어. 그런데 전화를 끊을 때 딸깍 하고 전화 끊는 소리가 두 번 나는 거야. 그래서 다시 전화를 한 거야."

남자친구의 말을 듣고 승미는 소름이 끼쳤다. 아빠의 집에는 침실과 거실에 전화기가 두 대 놓여 있었기 때문이었다.

내 비행기를 찾아주세요

나는 특수언어치료사다. 어느 마을에 언어장애가 있는 아이들의 수가 늘어나면서 교육위원회에서는 나를 그 마을로 발령했다. 벽지라서 사람들이 오기 싫어하는 곳이었지만, 좋은 치료사가 되어 아이들의 삶의 질을 높여주고 싶어 나는 기꺼이 이 시골 마을로 오게 되었다.

시골 아이들은 너무나 순수하고 맑았다. 정말 잘 왔다는 생각이 들었다. 그러던 어느 날 동네의 슈퍼 아주머니가 나에게 이런 경고를 했다.

"선생님, 수업이 끝나면 가급적 학교에 계시지 마세요."

"아니 왜요?"

"……."

나는 알겠다고 했지만 왜 그래야 하는지 그 이유는 알 수 없었다.

부임한 지 얼마 안 된 어느 날, 교실에 남아 아이들의 시험지를 채점하느라 정신이 없었다. 내일 수업자료도 만들어야 했기 때문에 밤이 늦도록 교실에 남아 있기로 작정했다. 한참 자료준비에 몰두하다가 고개를 들어 창밖을 보니 어둠이 꽤 깊게 깔려 있었다.

문득 슈퍼 아주머니에게서 들은 이야기가 생각났다. 그러자 마치 벌레들이 내 몸을 기어 다니고 있는 것 같은 기분 나쁜 느낌이 들었다. 차갑고 오싹한 바람이 등을 스치고 지나갔다.

그때였다. 고개를 들어 교실 뒤쪽으로 우연히 시선을 주었던 나는 움찔했다.

어떤 아이가 교실 뒤에 서서 나를 뚫어져라 쳐다보고 있는 것이 아닌가! 나는 소스라치게 놀라 하던 일을 멈추고 자리에서 벌떡 일어났다. 두려움이 온몸을 감쌌다.

"누…… 누구니?"

그 아이는 아무런 대답 없이 내게 걸어왔다. 그러고는 내 바로 앞까지 오더니 나를 멀뚱히 쳐다보았다. 학교에서 보지 못한 아이였다. 열한 살 정도로 보이는 남자아이였다. 아이는

철 지난 옷을 걸치고 있었는데, 그나마 옷 여기저기가 낡고
해졌다.

"무슨 일이니? 집에 안 가고 여기서 뭐하는 거니?"

두려웠지만 교사라는 신분을 잊지 않고 또박또박 말했다.

"선생님, 수업 끝났나요? 또 언제 시작해요?"

"뭐…… 뭐라고?"

"그리고 저, 어제 말씀하신 준비물도 챙겨왔는데 그만 잃어
버렸어요."

무표정한 얼굴로 아무렇지 않게 말하는 아이를 바라보고 있
으니 등에서 식은땀이 나기 시작했다. 일단 아이의 말을 들어
주어야겠다는 생각이 들었다.

"그래, 선생님한테 말해보렴. 선생님이 도와줄게."

"제가 책상에 올려놓았던 비행기요, 그 비행기가 사라졌어
요. 아빠랑 조립한 건데요. 엄청 근사해서 제가 제일 아끼는 거
예요. 어디에 있을까요?"

난 정신을 못 차릴 정도로 무서웠지만 용기를 내서 말했다.

"얘야, 선생님이 내일 네 비행기 꼭 찾아줄게."

"정말요?"

"응, 꼭 찾아줄게. 내일 다시 오렴."

아이는 내 시야에서 사라졌다. 눈 깜짝할 사이에 일어난 일이었다. 난 그대로 주저앉아버렸다.

정신을 차리고 서둘러 자취집에 들어가는 길에 슈퍼 아주머니에게 오늘 일어난 일에 대해 이야기를 했더니, 나보고 정말 말도 참 안 듣는다며 혀를 찼다. 그러곤 내일부터는 절대 학교에 늦게까지 남아 있지 말라고 또 신신당부했다.

다음 날 나는 아이의 비행기를 찾지 못해 문방구에 들러 조립되어 있는 비행기를 하나 샀다. 그 아이의 모습은 생각만 해도 무서웠지만, 약속을 했으니 혹시라도 또 만나게 되면 이거라도 전해주어야겠다는 생각이 들어서였다.

한참 칠판에 판서를 하며 수업을 하고 있는데 갑자기 어제처럼 머리카락이 쭈뼛 서는 느낌을 받았다. 뒤를 돌아보니 세 번째 맨 끝줄에 그 아이가 서 있었다. 나는 용기를 내어 말했다.

"얘, 거기 세 번째 줄 맨 끝에 학생!"

"네, 저요?"

"아니 그 뒤에 있는 학생!"

"선생님, 그 뒤에는 아무도 없잖아요."

반 아이들은 낄낄대며 소리쳤다. 아이들 눈에는 그 아이가 보이지 않는 것 같았다. 그 아이는 순식간에 내가 아침에 사 온 비행기를 가지고 다시 뒤로 갔다. 나는 침을 꿀꺽 삼키고 최대한 침착하게 판서를 계속했다. 나는 아이를 일부러 무시하려고 했지만 뒤통수로 아이의 시선을 느껴져 손이 떨렸다. 제대로 글씨를 쓸 수가 없었다.

그때였다. "으아악!" 하는 비명 소리와 함께 교실이 순식간에 아수라장이 되었다. 세 번째 줄 맨 끝의 학생에게 아이들이 몰려들었다.

나 역시 그 학생에게 달려갔다. 학생 뒤에 서 있던 아이는 내가 사준 비행기를 손에 들고 앞에 앉아 있는 학생의 정수리를 피가 흐를 정도로 찍어대고 있었다. 내가 다가가자 그 아이는 어제처럼 또 사라져버렸다.

다친 학생을 양호실에 데려가 치료를 해주고 반 아이들의 소란을 수습했지만, 내 가슴은 계속 쿵쾅거렸다. 무슨 정신인지 모를 만큼 수업을 마치고 집으로 돌아가는 길에 슈퍼에 들러 아주머니에게 오늘 있었던 꿈같은 일을 말씀드렸다. 그랬더니 아주머니는 한숨을 내쉬고는 나를 데리고 어디론가 가셨다.

작은 무덤이었다. 바로 그 아이의 무덤이었다. 그런데 나는
또 한 번 놀랐다.

그 무덤 옆에는 내가 오늘 아침에 샀던 비행기가 놓여 있었
던 것이다.

냉동고

　도심에서 떨어진 이곳 전원주택의 마당에 봄의 기운이 스며든다.

　이 봄, 나는 사고로 식물인간이 되어버린 아내를 휠체어에 앉혔다. 아내는 축 늘어져 있다. 몸을 가누게 하기 위해선 아내를 두 팔로 감싸야 하기 때문에 멀리 나가는 것은 무리다. 마당까지만 나와서 아내에게 햇볕을 쬐준다.

　옆집에 사는 중년의 부부가 텃밭에 갔다가 돌아오고 있다.

　"승일 신랑, 오늘도 색시 걱정에 밭일도 제대로 못하고 들어와 있네?"

　"네, 오늘은 볕이 너무 좋아서요. 아내를 위해 데리고 나왔습니다."

"어쩜 저렇게 색시를 아낄까. 일하다가도 아내 생각나면 들어오지, 일 끝나면 술도 안 마시고 바로 들어와서 늘 아내 옆에 있으니, 정말이지 색시가 부럽네요."

이웃집 아주머니는 말이 끝나기가 무섭게 남편에게 고개를 돌려 앙칼지게 따지듯 말한다.

"당신, 승일 신랑 반만이라도 따라가 보슈!"

"왜 또 불똥이 나한테 튀어?"

이웃집 남편은 입을 이죽거리며 집으로 들어갔다. 아주머니는 이내 낯빛을 바꿔 동정하듯 내게 말을 흘린다.

"예전에는 그렇게 자주 싸우더니 아내가 갑자기 다치고 나서 오히려 사이가 좋아졌네. 그건 그렇고 젊은 색시가 말도 못하는 식물인간이 되어서 어쩌면 좋누……. 승일 신랑 고생이 이만저만이 아니네. 오늘 보니 새색시 얼굴색이 더 안 좋아 보여. 날씨가 더워서 그런가. 다음에 더 좋아지면 집에 한번 초대해줘요. 아니, 그렇게 아니라 지금 내가 승일 신랑 밭에 다녀올 동안 집안 청소 좀 도와줄까? 남자 혼자 쉽지 않을 텐데."

"아, 아닙니다. 괜찮아요. 아내가 아직 다른 사람이 집에 오는 걸 반기지 않을 겁니다. 초라해 보이는 자신을 보여주는 것도 싫어할 테고. 집이 정리가 안 돼서 더 내켜하지 않을 겁니다."

"그래? 그럼 다음에 도움이 필요하면 언제든지 불러요."

"예, 그럴게요. 그럼 들어가세요."

아주머니가 들어가는 것을 확인한 후 나는 아내의 표정을 살폈다. 아내의 얼굴색이 너무 안 좋아 보였다. 밖에서 너무 오래 있었기 때문일까. 나는 서둘러 아내를 데리고 집으로 들어갔다.

"당신 더워서 힘들었지? 내가 수건 가져와서 닦아줄 테니까 기다려."

"……"

"역시 당신은 대답이 없군. 그래도 괜찮아. 당신은 지금 내 곁에 있으니까."

물에 살짝 적셔 온 수건으로 아내의 얼굴과 몸을 닦아주었다. 아내의 표정이 한결 좋아 보였다. 오랜 세월 아내를 지켜봐 왔지만 지금처럼 좋은 때가 없었다.

늘 잔소리를 해대며 나를 못살게 굴던 아내였다. 하루도 싸우지 않고서는 지나가는 날이 없었다. 하지만 사고 이후 아내는 너무나 조용하고 늘 미소만 띠고 있는 사랑스러운 사람으로 변했다. 물론 내가 잘해주는 것도 한몫하겠지만 말이다.

"여보, 기분 좋지? 이제 내가 저녁준비하고 청소하는 동안 여기 앉아서 지켜보고 있어."

아내의 이마에 입맞춤하고 청소를 시작했다. 물건들이 놓여 있는 위치와 각도가 한 치의 오차도 없이 정확하게 놓이도록 청소를 하고, 저녁식사 준비도 마쳤다.

"오래 기다렸지? 내가 저녁준비 다 했어. 식탁으로 가자."

나는 아내와 함께 저녁식사를 했다. 식사 도중 반찬을 바닥에 흘리고 말았다.

"예전 같았으면 당신 나한테 어린애같이 칠칠맞지 못하다고 화를 냈겠지. 하지만 이제는 아무 말도 하지 않아서 난 정말 기뻐."

식사를 마치고 아내와 함께 테라스에 나가 시원한 밤공기를 즐겼다.

"당신은 이제 움직이지도 못하고 또 말도 하지 않지. 하지만 우리 사랑은 이전보다 훨씬 커졌어. 앞으로는 더 이상 당신과 싸울 일도 없을 거고, 또 서로 상처를 주는 일도 없겠지. 이렇게 평생을 사는 거야. 어때? 행복하지 않아?"

30분 정도가 지난 후 나는 아내를 데리고 다시 집 안으로 들어갔다.

나는 아내를 바로 눕히고 아내의 아랫배에 수직으로 서 있는 부엌칼을 천천히 빼냈다.

"당신이 이걸 배에 꽂고 있는 걸 보면 얼마나 황홀한지 몰라. 당신은 내가 이걸 꽂을 거라고는 상상도 못 했겠지. 크크. 그때 공포에 질린 당신 표정은 생각할 때마다 흐뭇해. 밖으로 나갈 때마다 빼줘야 해서 번거롭긴 하지만, 집 안에서는 이걸 꽂고 있어야 해. 그래야 당신이 죽었다는 걸 내가 실감할 수 있으니까 말이야."

부엌칼을 다 빼내고 아내가 편히 쉴 수 있도록 엎드리게 한 후, 나는 아내의 시체를 냉동고에 넣었다.

이제 부엌으로 가서 설거지를 시작한다. 어둠이 짙게 전원주택을 뒤덮기 시작한다. 이웃집 아주머니의 깔깔거리는 웃음소리가 조용한 우리 집 공기와 선명한 대조를 이룬다.

PART 4

어제,
내가 죽던 날

기억을 잃은 여자

'여기가 어디지?'

나는 겨우 눈을 떴다. 눈앞에 아주 짙은 안개가 자욱해서 아무것도 보이지 않았다. 기분이 이상하고, 머리가 몽롱했다. 내가 어디에 있는지조차 알 수가 없었다.

그때 주위에서 왁자지껄 시끄러운 소리가 들려왔다. 바로 옆에서 어린아이의 목소리가 들렸다.

나는 힘겹게 입을 열어 아이에게 물었다.

"애, 여긴 어디니?"

"어? 간호사 누나! 여기 이 누나가 말을 해요. 아빠 침대 옆에 누나요!"

나는 우렁찬 남자아이의 목소리를 듣고 짐작했다. 이곳은 병원이고, 내 옆엔 중년의 남자가 누워 있다는 사실을. 그리고 아빠를 간호하는 남자아이가 와 있다는 것을. 그런데 나는 왜 이곳에 누워 있고 앞이 잘 보이지 않는 것일까?

"저, 간호사 언니. 제가 왜 여기 있는 거죠?"

"어머, 정신이 드셨네요. 정말 다행이에요. 5일 전에 교통사고를 당하셨어요. 외진 곳이라 지나가던 사람도 없고…… 마침 저희 병원차가 그 근처에 왕진을 나갔다가 쓰러져 있는 걸 발견했어요. 정말 큰일 날 뻔하셨어요."

"네? 제가 교통사고를 당했다고요?"

"네, 며칠 치료를 더 받으셔야 해요. 이제 깨어나셨으니까 본인 성함 좀 말씀해주시겠어요?"

방망이로 머리를 한 대 얻어맞은 것 같았다. 내 이름이 생각나지 않았다.

"이름이요? 제 이름이…… 기억이 안 나요."

"어머, 전혀 기억이 안 나세요? 너무 걱정하지 마세요. 일시적인 충격 때문에 그럴 수도 있어요."

"그런데 앞이 안 보이는 게 자꾸 신경 쓰여요. 제가 눈도 많이 다쳤나요?"

"네, 시력도 조금 손상됐어요. 그래도 치료받으면 괜찮아질 거예요."

나는 전혀 기억이 나질 않았다. 내가 누군지도, 이름도, 심지어 얼굴조차도……. 단지 여자라는 것만 본능적으로 감지할 수 있었다. 간호사는 내 말이 끝나자마자 종이에 뭔가를 적는 것 같았다.

'아마 차트를 작성하는 거겠지.'

눈이 안 보여서 그런 것인지 작은 소리에도 귀가 민감해져 있었다.

그날 저녁이었다. 의사선생님이 침대 옆에 서서 말을 걸어 왔다.

"제 말이 잘 들리시나요? 지금도 앞이 잘 안 보이시나요?"

"아, 눈에 뭐가 낀 것마냥 희뿌옇기만 해요."

"아마 교통사고 당시 눈에 충격이 가해진 듯합니다. 그리고…… 솔직히 말씀드릴게요. 신경을 다치셨어요. 목 아래 부분은 아직 감각이 없으실 겁니다. 그래서 고정을 시켜놨습니다. 갑갑하시겠지만 한두 달 정도 참고 견디십시오. 다른 장기는 이상이 없습니다. 눈은 좀 더 두고 봐야 할 것 같습니다."

나는 너무 답답했고 무서웠다. 가슴이 뭉클해지더니 눈물이 나왔다.

"의사선생님, 제가 누군지 모르겠어요. 제 기억은 언제쯤 돌아오죠? 너무 무서워요."

"기억이 돌아오기를 기다려야 해요. 가족한테 연락할 방법도 없고……. 저희도 애 많이 먹었습니다. 지금으로서는 하루라도 빨리 기억을 찾으시는 것밖에 없네요."

"제가 사고를 당하던 날 입고 있던 옷이나 소지품은 어디 있나요? 거기에서 뭔가 알아내지 못하셨나요? 수첩이라도 있다면 그걸 좀 읽어주시면 좋겠는데……."

"저도 그랬으면 좋겠는데 이상하게도 수첩이나 지갑 같은 소지품이 하나도 없었어요. 저희도 의아했어요. 어쨌든 너무 걱정하지 마세요. 완쾌될 때까지 저희가 돌봐드리겠습니다. 그럼 이만 내일 뵙죠."

밤이 되자 입원실이 조용해졌다. 며칠이 지났다. 새벽 즈음이 되었을까? 간호사가 들어와서 말했다.

"좋은 소식입니다. 상태가 호전되고 있어요."

간호사는 또 차트에 뭔가를 적으면서 그렇게 말했다. 이번에는 상당히 길게 적어 내려가는 것 같았다.

"제가 누군지는 아직 알 만한 단서는 못 찾으셨나요?"

"네, 전혀요."

그런데 그녀의 말투가 조금 차갑고 냉정하게 느껴졌다.

그녀가 나간 뒤 졸음이 몰려와 잠이 들었다. 나는 남자아이의 목소리에 잠이 깼다. 아이가 날 흔들어 깨우더니 이렇게 말했다.

"누나, 누나! 잘 잤어? 나 아빠랑 집에 갔다가 오늘 또 왔어. 아빠가 누나를 보러 와야 한다고 했거든. 근데 누나 침대에 왜 우리 아빠 이름이랑 다른 사람 이름이 있어?"

"응? 그래? 그것 좀 읽어줄래."

"기증자를 갑이라 하고, 구매자를 을이라 함. 계약관계는 다음과 같음. 갑의 안구는 을 김병호 씨가 구입함. 갑의 왼팔은 을 최희섭 씨가 예약함. 갑의 심장과 간은 을 서정현 씨가 구입 의뢰함. 푸하하하, 뭐 이래! 이게 무슨 뜻이야?"

"아아악~"

나는 아이의 말이 끝나기 무섭게 비명을 질렀다.

해우소의 동자승

형석은 불교학과 학생이다. 그는 불교 공부에도 관심이 많았지만, 수행하는 것에도 매력을 느껴 방학이면 깊은 산 속의 절에 들어가 행자승과 같이 생활하곤 했다. 올해도 여름방학이 되어 강원도에 있는 절의 주지 스님을 만나 두 달 동안 절에서 생활하는 것을 허락받았다.

보름 정도 지난 아침, 그날도 형석은 도시에서는 느낄 수 없는 맑은 공기를 흠뻑 마시며 기지개를 폈다. 하루의 일과를 시작하기 위해 세면장으로 향했다. 세면장에는 동자승이 개구리를 가지고 놀고 있었다. 형석은 동자승의 귀여운 모습에 이름을 물어보았다.

"이름이 뭐니?"

"공다."

"법명이 아주 멋지구나. 이렇게 일찍 일어나다니. 공다는 부지런하네. 자, 이제 개구리랑 그만 놀고 형이랑 같이 아침 공양하러 가자."

"응."

동자승은 해맑게 웃으며 대답했다. 보름 동안 있으면서 한 번도 보지 못한 동자승이었다. 그때부터 형석이의 눈에 동자승이 자주 들어왔다. 법당에 갈 때도 동자승이 있었고 낮에 마당에서 비질을 할 때, 밭일을 갈 때도 동자승이 보였다. 그러다 보니 자연스레 동자승과 친해지게 되었다.

그러던 어느 날 늦은 밤, 형석은 급하게 먹은 공양이 탈이 났는지 속이 좋지 않아 해우소에 가게 되었다. 볼일을 보고 있는데 어디선가 규칙적으로 발 구르는 소리가 들려왔다. 그 소리는 가까워졌다가 점점 멀어지고 멀어졌다가 다시 가까워졌다. 이윽고 숫자 세는 목소리가 들렸다.

"하나, 둘, 셋, 넷……."

동자승의 목소리였다.

'동자승이 볼일을 보려는데 무서워서 발을 구르며 숫자를 세는구나.'

형석은 동자승에게 말을 걸었다.

"무섭니?"

"······."

"공다야, 형석이 형이야. 무서워서 발 구르고 숫자 세는 거 맞지? 형이 옆에 있으니까 걱정하지 않아도 돼."

"······."

공다는 여전히 대답이 없었다. 볼일을 다 보고 소리가 나던 쪽으로 가보았지만 공다는 보이지 않았다.

'내가 잘못 들었나. 분명히 소리가 난 것 같은데.'

이상하기도 하고 한편으로는 무섭기도 하여 형석은 서둘러 해우소를 빠져나왔다.

다음 날, 하루 종일 공다를 볼 수가 없었다. 어디에 있는지 내심 궁금했지만 형석은 할 일이 많아서 금세 잊어버리게 되었다.

저녁에 소변을 보기 위해 해우소를 찾은 형석은 낯익은 동자 승을 보았다. 낮에는 통 보이지 않던 공다가 심술궂은 아이처 럼 해우소 바닥을 발로 구르며 숫자를 세고 있는 것이었다.

"하나, 둘, 셋, 넷······."

공다는 해우소를 마치 탑돌이하듯 돌더니 칸막이가 되어 있

는 곳으로 들어갔다. 그리고 뭔가를 찾는 듯 변기 아래를 뚫어
져라 바라보았다. 한참을 보고 나서야 공다는 자기 방으로 돌
아갔다.

'혹시 정신적인 장애가 있는 아이가 아닐까?'

형석은 예사롭지 않은 공다의 모습에 깜짝 놀랐지만, 한편으
론 안쓰럽게 느껴졌다. 그리고 공다가 무엇을 보고 있는 것인
지 궁금해서 참을 수가 없었다. 형석은 소변을 보고 조심스럽
게 공다가 바라보던 칸의 변기 아래를 내려다보았다.

'뭐야, 아무것도 없잖아!'

아무리 찾아봐도 특이한 것이 없었다. 형석은 어두워서 안
보이는 것일 수도 있겠다고 생각하고 방으로 돌아와 하루를 마
무리했다.

다음 날 참선을 하는데, 형석은 어제 일 때문에 정신을 집중
할 수가 없었다.

'그 아이는 대체 뭘 본 것일까? 조금 있다가 잠깐 가볼까? 아
니야, 급하게 보는 것보다 밤에 천천히 찾아보는 게 좋을 거
야.'

이런 생각을 하고 있는 걸 알기라도 하는 것처럼 형석의 어
깨에 스님의 죽비가 날아들었다.

　　형석은 힘든 하루를 마치고, 늦은 밤에 해우소로 가보았다. 아니나 다를까, 공다는 어제와 같은 행동을 하고 있었다. 형석은 아래를 내다보며 뭔가를 찾고 있는 공다 옆으로 조심스레 다가가 물었다.

　　"공다야, 밤마다 뭘 그렇게 찾고 있니?"

　　공다는 대답은 하지 않고 옆으로 비켜섰다. 형석은 쪼그리고 앉아 준비해온 손전등을 비추며 아래를 살펴보았다. 그러나 지독한 냄새만 날 뿐 아무것도 찾을 수가 없었다.

　　"공다야, 아무것도 없는데?"

　　형석이 손전등으로 공다의 얼굴을 비추는 순간, 공다는 아이라고 하기엔 놀라운 힘으로 형석을 변기 아래로 밀어넣었다.

"아악!"

형석은 변기 밑으로 굴러 떨어졌다. 공다는 아무런 표정 없이 다시 숫자를 세기 시작했다.

"하나, 둘, 셋, 넷… 열, 열하나."

엄마의 자살

나는 고등학교 3학년에 재학 중이다. 시간을 거슬러 1년 전쯤 나는 내 의지와는 상관없는 일생일대의 충격적인 사건을 목격했다. 바로 엄마의 자살 장면을 목격한 것이다.

그때를 다시 회상하면 지금도 온몸에 소름이 돋는다. 우리는 영화 속에 등장한 살인마가 이유 없이 누군가를 무참히 살해하는 장면을 보더라도 제3자이기 때문에 별 느낌 없이 보게 된다. 그러나 나와 가장 가까운 사람, 엄마의 죽음은 다르다.

우리 집은 2층집이다. 부모님 방은 1층에, 그리고 나와 여동생의 방은 2층에 있다. 내 방은 내려가는 계단을 마주하고 왼쪽에 방문이 터 있다.

어느 날 밤이었다. 그날따라 아침부터 엄마의 안색이 좋지 않았다.

"엄마, 어디 아프세요?"

"아니야, 괜찮아."

나는 엄마가 걱정이 되었지만 2층으로 올라와서 바로 잠자리에 들었다. 그런데 잠이 들려는 찰나 갑자기 목이 말라 아래층을 향해 계단을 반쯤 내려갔을 때, 살짝 열려 있던 안방 문틈으로 나는 보지 말아야 할 것을 보고 말았다.

열린 문틈 사이로 엄마의 옆모습이 반만 보였는데 배에 칼이 꽂혀 있는 것이 아닌가! 그 모습은 마치 일본 무사들이 칼을 손에 쥐고 날을 몸 쪽으로 향하게 하여 할복하는 것과 흡사했다. 내 눈에 손이 보이긴 했지만 문에 가려 있었고 또 너무나 충격적이어서 그게 엄마의 손인지 아닌지는 제대로 보지 못했다. 그러고는 그대로 기절해버렸다.

다음 날 아침 의식을 되찾은 후 아빠로부터 엄마의 부음 소식을 들었다. 사인은 심장마비였다. 아빠는 내가 엄마의 죽음을 목격한 것을 모르고 차마 우리에게 "네 엄마가 자살했다"는 말은 못 하시는 눈치였다. 나 역시 그런 아빠를 배려해서 내가 목격한 사실을 말하지 않았다.

그 후 나는 심한 열병에 시달렸다. 엄마가 사고로 돌아가신 것도 충격이었지만 어린 나이에 엄마의 죽음을 목격한 것이 너무나 괴로웠다. 그 충격으로 나는 밤에 계단을 내려갈 때마다 누군가 나를 바라보는 것 같은 섬뜩한 기분에 휩싸였다. 그 때문인지 몸도 점점 야위어갔다.

그렇게 힘겨운 1년이 지나갔고, 엄마의 기일이 내일로 다가오고 있었다. 기일이 가까워오자 엄마의 얼굴이 보고 싶어졌다. 그래서 방문을 잠그고 책상에 앉아 엄마의 사진을 꺼내들고 바라보았다.

갑자기 눈에서 굵은 눈물이 뚝뚝 떨어졌다. 급기야 나는 오열을 하기 시작했다. 그러다가 문득 사진을 바라보는데 엄마의 눈도 울고 있는 듯한 착각이 들었다.

겨우 마음을 가다듬고 사진에 묻은 눈물을 닦아냈다. 그런데 닦아내고 또 닦아내도 사진 속에서 눈물방울이 자꾸만 생기는 것이었다. 순간 나는 공포에 사로잡혔다. 아빠에게 보여드리려고 방문을 향해 막 몸을 돌리며 일어섰는데 등 뒤에서 엄마의 목소리가 들렸다.

"정훈아! 정훈아!"

순간 내 발은 바닥에 들러붙어 떨어지지 않았다. 뒤를 돌아보지도 못했다. 뒤에서 또다시 엄마의 목소리가 들려왔다.

"정훈아, 안방에 엄마 사진이 하나도 없더라. 내 사진을 안방에 놓아줘, 부탁이야. 그리고 너무 슬퍼하지 마. 건강해야 한다."

눈을 뜨니 다음 날 아침이었다.

'모두 꿈이었구나.'

정말 생생한 꿈이었다.

'오늘이 엄마 기일이라 민감해져서 그런 꿈을 꿨나 보다.'

그런데 침대 옆 탁자 위에 쪽지 한 장이 놓여 있었다.

'엄마의 부탁을 잊지 마.'

나는 너무 놀라서 급히 안방으로 가보았다. 정말 엄마의 사진이 하나도 없었다. 아빠가 너무 그리움에 사무쳐서 다 치워 버리신 걸까? 그리움과 놀라움도 잠시 어제 들었던 엄마 목소리가 꿈이 아니라 현실이라고 생각하니 온몸에 소름이 돋았다. 그래도 엄마의 소원대로 엄마 사진을 액자에 끼워서 안방 잘 보이는 곳에 올려놓았다.

그날 엄마의 제사를 지내고 나와 내 동생은 2층으로 올라오자마자 깊은 잠이 들었다. 다음 날 청천벽력 같은 사건을 또 맞이하게 될 줄은 상상도 못 한 채 말이다.

아침에 일어나 아래층에 내려가니 안방에서 이상한 기운이 감돌았다.

"아…… 아빠!"

아빠는 엄마가 그랬던 것처럼 칼에 꽂힌 채 바닥에 쓰러져 있었다. 그런데 자세히 들여다보니 칼날의 방향은 등에서 시작되어 배를 관통하고 있었다. 마치 뒤에서 누군가 내리찍은 것처럼! 그리고 안방에 놓아둔 사진 옆에는 이런 쪽지가 놓여있었다.

'엄마는 자살하지 않았어.'

사진을 자세히 보니 엄마가 웃고 있었다.

흰 도포자락 노인

　나는 고등학생인 딸을 둔 대학교수다. 아이는 고등학교에 입학한 지 5개월이 지났는데도 새로운 환경에 적응하기 힘든지 많이 지쳐 보인다. 어디가 아픈 건 아닌지 걱정되었지만 특별히 통증이나 아픔을 호소하진 않았다. 남편은 해외로 출장을 가 있었다. 주말에 시간을 내어 단둘이 기분 전환 삼아 친가에 가면 어떨까 하는 생각을 하게 되었다.

　"우리 딸, 요즘 기분이 안 좋아 보이네? 기운도 없어 보이고. 내일 휴일인데 엄마랑 할아버지 댁에 놀러갈까?"

　"네, 좋아요."

　날씨가 점점 더워지고 있어서 시댁 근처에 있는 계곡에 가서 발이라도 담그고 오면 나 역시 재충전이 될 것 같았다. 우리는 늦더라도 금요일 밤에 출발하기로 했다. 그래야 늦잠을 자더라도 토요일 오전부터 느긋하게 하루를 보낼 수 있기 때문이었다.

금요일 밤, 출발한 지 한 15분쯤 됐을까? 시부모님께 드리려고 챙겨두었던 선물을 침대 위에 두고 온 것이 생각났다. 오랜만에 찾아뵙는 길이라 신경 써서 준비한 선물을 두고 갈 순 없었다. 어쩔 수 없이 집으로 돌아왔다. 딸이 뾰로통한 표정을 지었다.

선물을 챙기고 다시 출발했다. 늦은 밤길이었다. 딸아이는 어느새 잠이 들어 있었다.

어디쯤 지났을까, 커브길이 나타났다. 그때 차 백미러에 걸려 있던 십자가 목걸이가 갑자기 끊어졌다.

내가 차를 처음 사던 날, 남편이 "이 십자가가 당신을 지키는 수호신이 되어줄 거야"라고 말하며 백미러에 걸어주었던 십자가였다. 남편의 마음이 기특하여 벌써 7년째 그 목걸이를 소중하게 다루고 있었다. 그런데 아무런 충격도 없이 목걸이가 끊어진 것이다. 왠지 기분이 좋지 않았다. 잠시 쉬어갈 겸 차를 길 옆에 세웠다.

"엄마, 오늘 자꾸 일이 꼬이는 것 같아. 이상한 기분이 들어요. 선물도 잊고 오시고 십자가 목걸이가 떨어져나가고. 한밤이라서 괜히 으스스하네."

언제 눈을 떴는지 딸아이는 찜찜한 듯 말했다.

"얘는! 어쩌다 우연히 생긴 일을 가지고, 별생각을 다하네."

10여 분 후 우리는 다시 출발했다. 주위에는 오고가는 차가 한 대도 없었다. 딸아이가 갑자기 소변이 마렵다고 했다. 근처에는 휴게소도 없었다. 부득이하게 갓길에 잠시 주차를 하려던 때였다. 시끄러운 엔진소리가 고개 아래쪽에서부터 들려와 귀청을 자극했다. 가끔 새벽길을 쏜살같이 달리며 스트레스를 푸는 사람들이 있다는 건 들어보긴 했지만, 여긴 도심과는 거리가 먼 한적한 곳이라서 좀 의아하게 여겨졌다.

딸아이가 볼일을 본 후 우리는 서둘러 차에 올랐다. 그런데 잠시 후, 시끄러운 소리를 내는 스포츠카가 우리 차 뒤를 바싹 따라붙었다. 튜닝을 어찌나 심하게 했는지 굉음을 냈다. 마침 나는 막 시동을 걸었기 때문에 빠르게 앞으로 나가지 못하고 있었다. 그 상황에서 스포츠카는 속도를 줄이지도 않고 달려들었다. 나는 혹시 사고가 나는 건 아닌지 몹시 걱정스러웠다.

스포츠카는 내 차를 제치려는 듯 차선을 바꾸더니 속력을 냈다. 우리를 따돌리기 전 차의 속도가 줄어들더니 창이 내려갔다. 순간 나는 섬뜩했다. 어둠 속에서 파르스름하고 야윈 얼굴의 젊은이가 반말로 소리를 질렀다.

"아줌마, 좁은 산길에서 그런 속도로 얼쩡거리면 어쩌라고! 운전 똑바로 해!"

젊은 남자의 고함에도 놀랐지만, 나는 짧은 순간 눈에 비친 스포츠카의 뒷좌석에 앉아 있는 흰 도포를 입은 노인이 자꾸 마음에 거슬렸다. 노인과 청년의 조합이 너무도 낯설었다.

'아니, 이밤에 노인을 태우고 고갯길을 저렇게 급하게 달리다니……'

스포츠카가 우리를 추월하자마자 딸이 나에게 말했다.

"엄마 뒷좌석에 할아버지 봤어?"

"응, 너도 봤구나? 그 할아버지 왠지 굉장히 음산해 보이지 않니?"

"응, 왠지 께름칙해. 엄마 나 무서워. 우리 빨리 가요."

나는 속력을 내어 달렸다. 앞서 가던 스포츠카 얼마나 속력을 낸 것인지 보이지 않았다.

시댁에 도착한 뒤 우리는 긴 잠에 빠져들었다. 이튿날, 시어머님이 차려주신 아침식사를 먹었다. 식사 도중 TV를 틀어 뉴스를 보는데, 둘 다 깜짝 놀라고 말았다. 뉴스 앵커는 우리가 넘은 고개에서 스포츠카가 전복된 사고를 알렸다. 놀라운 건

그다음이었다.

　어제 자정쯤, M산의 A고개에서 스포츠카를 타고 가던 젊은이가 즉
사하였습니다. 혼자 스포츠카를 타고 주행하던 중 갑자기 출현한 야생
동물을 피하다 사고가 일어난 것으로 추정됩니다.

　뉴스를 보던 딸아이가 놀란 눈을 뜨고 나에게 물었다.
"엄마, 혼자라니…… 뒤에 타고 있던 할아버지는?"

한밤중 어학원에서 생긴 일

지혜는 외국에 어학연수를 다녀오는 것이 꿈이다. 고등학교까지 시골에서 살았고, 작은 도시의 유명하지 않은 대학을 나온 그녀는 비정규직을 전전하고 있었다. 그녀는 영어를 원어민처럼 잘하고, 스타일도 도시의 세련된 여자처럼 멋있어지길 바랐다. 그렇게 되면 취업도 잘되고, 삶이 이전과는 정반대로 달라질 것이라 생각했다.

지혜는 대학을 다닐 때부터 돈을 모았다. 막연하지만, 언젠가 어학연수를 갈 날을 꿈꾸었다. 영어공부도 게을리하지 않았다. 그러한 노력 덕에 간단한 회화는 가능해졌지만, 발음과 어휘는 여전히 부족했다.

드디어 지혜는 어학연수 갈 수 있는 돈을 다 모았다. 비록 스물여덟의 늦깍이 어학연수생이었지만, 늦었다는 생각은 하지 않았다.

'지금도 늦지 않았어. 이제 제2의 인생을 사는 거야.'

지혜는 캐나다 밴쿠버에 있는 어학원에 등록을 하고 비행기에 몸을 맡겼다. 드디어 꿈을 펼칠 곳으로 간다는 생각에 잔뜩 마음이 부풀었다.

지혜가 다니게 된 어학원은 고층빌딩이었다. 기숙사도 그 속에 딸려 있었다. 커리큘럼도 튼튼하고, 연수생들에게 지원과 복지가 튼튼해서 새삼 영어에 대한 열의가 대단한 사람들이 모일 만한 곳이라는 생각이 들었다.

지혜는 그곳에서 짜준 계획표대로 공부를 했다. 그곳에서 세계 각지에서 온 다양한 친구들을 만날 수 있었다. 지혜는 정규 수업이 끝나면 항상 남아서 공부했다. 수업을 같이 듣는 일본인 친구 유키도 함께 남아 공부했다.

어학원에서는 한 달에 한 번씩 시험을 치렀다. 난이도가 만만치 않아 지혜는 공부를 하다가 밤을 새기도 했다. 적어도 한 달에 일주일 이상은 늦게까지 공부를 했다. 그래도 지혜는 이렇게 공부할 수 있다는 사실이 행복했다.

강의실에서 함께 공부하는 유키는 얼굴이 참 예뻤다. 서로 낯선 타지에서 생활하기 때문일까, 지혜와 유키는 친자매처럼 금방 친해졌다. 영어로 의사소통을 했지만 서로의 언어인 한국어와 일본어를 알려주며 소중한 추억을 쌓아갔다.

지혜는 한 달 전부터 유키와 같은 기숙사 방에서 지내게 되었다. 그런데 유키에게는 이상한 버릇이 있었다. 처음 며칠 동안은 몰랐는데 며칠이 지나서 자연스럽게 알게 됐다. 유키는 밤 11시에서 12시가 되면 항상 어딘가로 사라졌다가 나타났다.

어느 날 밤 11시가 되자 유키는 어김없이 자리에서 스르르 일어나 나갔다. 잠시 후 돌아온 유키에게서 이상한 냄새가 났다. 젖은 흙냄새 같기도 하고 쓰레기냄새 같기도 했다. 죽은 쥐라도 밟았는지 피비린내와 비슷한 냄새도 풍겼다.

호기심이 많은 지혜는 차츰 유키의 행동을 유심히 관찰하게 됐다. 그 사실을 알 리 없는 유키는 그 시간이 되면 사라졌다가 나타나곤 했다. 그리고 늘 비릿한 냄새를 온몸에 묻히고 조용히 들어와서 침대 속으로 들어갔다.

지혜는 무서워졌다. 비린내도 그렇고, 여자애가 그 밤에 어딜 가서 무얼 하는지 걱정도 되었다. 혹시 몽유병이나 이상한 정신병인가 싶어 진찰을 받게 할까 하는 생각도 들었다.

그러다 지혜는 유키가 밤마다 어디로 가는지 알 수 있도록 유키의 휴대전화에 몰래 위치추적 기능을 등록시켰다. 그리고 유키가 나가기 전에 그녀의 점퍼 주머니에 휴대전화를 넣어 두었다.

다음 날도 유키는 여지없이 밤 11시가 넘자 침대에서 일어나 밖으로 나갔다. 그날 치를 시험을 준비하느라 몹시 피곤했던 지혜는 유키가 나가는 걸 보지 못하고 잠깐 잠이 들고 말았다. 깨어보니 11시 30분이었다. 지혜는 서둘러 유키의 침대를 살폈다. 역시나 유키는 보이지 않았다. 지혜는 자신의 휴대전화로 유키가 어디로 가는지를 살펴보았다.

그런데 이상했다. 유키의 위치는 11층 기숙사 복도를 맴돌고 있었다. 정확히 어느 지점인지는 확실치 않았지만 방 부근에 있는 것은 확실했다.

'이상하다? 방 주위에서 뭐하는 거지?'

지혜는 유키가 평상시처럼 어딘가로 가기만을 계속해서 기다렸다. 그런데 10분이 지나고, 20분이 지나고, 30분이 지나도 유키는 여전히 방문 밖 기숙사 복도에 있었다.

지혜는 호기심을 참지 못하고 방문 앞으로 다가갔다. 문 너머에서는 젖은 피비린내 같기도 하고 쓰레기 같기도 한 불쾌한 냄새가 풍겨왔다. 지혜는 침을 꿀꺽 삼키고 문을 열어젖혔다.

그리고 그 자리에서 까무러치고 말았다.

기숙사 복도에는 두 눈이 충혈된 유키가 있었다. 그녀 옆으로 여기저기 뜯긴 시체가 보였다. 유키는 입과 손에 피를 뚝뚝 흘리며 알 수 없는 미소를 머금은 채 휴대폰을 들고 지혜를 향해 다가오고 있었다.

운명의 잠버릇

장마가 끝나더니 무더위가 끝없이 이어졌다. 여름 내내 함께 아르바이트를 하던 우리 셋은 이렇게 여름을 보낼 수 없다는 생각에 충동적으로 여행을 떠나기로 했다. 하지만 형편상 긴 여행을 갈 수는 없기에 1박 2일로 여름을 느낄 수 있는 해수욕장으로 가기로 했다. 한창 성수기였는데, 운이 좋게 동해안 쪽의 민박집을 굉장히 싼 가격에 빌릴 수 있었다.

워낙 짧은 일정이어서 새벽에 출발해서 해수욕장에 도착하자마자 우리는 낮에 실컷 물놀이를 하고, 게임도 하고, 먹고 마시고 놀았다. 그러다 보니 해 떨어지기가 무섭게 우리는 누가 먼저랄 것도 없이 하나둘 잠자리에 누웠다.

나는 친구들 사이 가운데에서 자게 되었다. 왼쪽에 누운 친구는 잠꼬대가 엄청났다. 코를 고는가 싶더니 중얼중얼 혼잣말을 해댔다. 또한 잠버릇이 어찌나 심한지, 발을 뒤척거리며 나를 차고 심지어 내 배 위에 발을 올려놓았다. 친구의 잠버릇 때문에 잘 만 하면 깨고, 잘 만하면 깼다. 나는 여러 차례 배 위에서 친구의 다리를 내려놓다 보니 짜증이 났다. 깨워서 뭐라고 좀 할까 싶기도 했지만, 세상모르게 잠이 든 친구를 차마 깨울 수는 없어 그냥 참기로 했다.

'너무 피곤해서 그런 거겠지.'

나는 친구를 넌지시 보고 누웠다. 그리고 잠을 청하려는 순간, 소름이 돋았다. 불과 몇 초 전 본 친구는 분명 얼굴이 천장을 향한 채 얌전히 이불을 덮고 잠들어 있었다. 발을 배 위에 올려놓을 자세가 아니었다.

나는 혹시나 하고 오른쪽에서 잠든 친구를 보았다. 그 친구도 마찬가지였다. 나를 발로 차거나 내 배 위에 발을 올려놓으려면 이불을 덮고 있지 않았어야 하는데, 그 친구도 반듯하게 이불을 덮고 자고 있었다. 그렇고 보니 이불을 뒤척이는 소리도, 펄럭거리는 소리도 들리지 않았던 것 같다.

아무리 잠결이라도 친구가 움직거리는 느낌이 있었어야 하는데, 전혀 그렇지 않았다. 등골이 서늘했다. 상식적으로 이해

되지 않은 상황이 너무도 무서웠다. 눈을 감고 어서 잠이 오기를 기다렸다. 더 끔찍한 것은 누워 있는 내 배 위에 누군가의 팔, 다리의 무게가 느껴진다는 것이었다. 나는 조심스럽게 눈을 떴다.

왼쪽 친구와 나 사이에 흐릿한 여자 형체가 있었다. 그 여자의 팔과 다리가 내 배 위로 올라와 있었다. 여자와 눈이 마주치는 순간, 나는 기절을 했는지 이후의 기억이 없다.

"인마, 너 언제까지 잘 거야?"

"야, 우리한텐 시간이 돈이야. 그만 일어나."

어느새 아침이었다. 친구들은 왜 이렇게 늦잠을 자느냐고 했지만, 내가 말해봤자 분위기만 싸해질 것 같아서 별다른 말을 하지 않았다.

서울로 올라가기 전에 해변에서 한 차례 놀고 짐을 챙겨 허기진 배를 채우기 위해 음식점에 들어갔다. 터미널 부근이었는데, 마침 우리가 묵은 민박집 앞에 사는 할머니가 음식점 안으로 들어왔다. 할머니는 우리를 보고 흠칫 놀란 눈치였다. 그리고 음식점 계산대의 주인과 조용히 이야기를 나누는데, 주인이 몰래몰래 우리를 지켜보았다.

"그럼 저 청년들이 어제 그 방에서 잔 거예요? 아이고."

"쉿, 들겠어. 조용히 해."

친구들은 눈치 채지 못했지만, 나는 어제 내가 겪은 오싹한 일들을 저 할머니가 알고 있을 것 같다는 생각이 들었다. 음식을 먹는 둥 마는 둥 나는 할머니에게 조심스럽게 다가갔다. 할머니는 나를 보고 황급히 자리를 뜨려고 했지만, 나는 빠른 걸음으로 할머니를 따라잡았다.

앞뒤 이야기할 것 없이 어제 방에서 겪었던 일을 이야기하고 할머니에게 자초지종을 물었다. 할머니는 크게 한숨을 쉬더니 나지막이 이야기를 꺼냈다.

우리가 묵은 민박집에 예전에 어느 젊은 부부가 살았다고 한다. 부부 금슬이 좋았는데, 아기까지 낳아 오손도손 행복하게 살았다고 한다. 남편이 출장을 가서 혼자 밤을 보내야 했던 어느 날, 아내는 잠자리에서 보채는 아이를 달래주다가 너무 피곤했던 나머지 아이를 곁에 둔 채 잠이 들었다. 그리고 잠결에 뒤척이다가 다리를 들어 아이가 깔리게 되었고 결국 숨을 쉬지 못해 죽었다고 한다. 아이의 엄마는 죄책감과 슬픔으로 시름시름 앓다가 스스로 목숨을 끊었다.

사연을 듣고 보니 무서운 감정이 조금은 가시고, 젖먹이 아기와 젊은 엄마의 기구한 운명이 떠올라 가슴이 먹먹해졌다.

아랫집 여자

내가 사는 아파트에는 어린아이를 둔 주부들이 많이 산다. 나 역시 네 살 된 아들이 있다. 아침에 남편이 출근하고 나면 아이들을 놀이방에 보내고 삼삼오오 모여 쿠키나 빵을 먹으며 수다를 떠는 것이 우리의 낙이었다.

그런데 어느 날 아파트 부녀회장이 흥분하며 말했다.

"이번에 새로 이사 온 여자 있잖아. 왜 자기 아랫집 말이야. 그 여자가 감옥에 갔다 왔다는 거 알아?"

"감옥?"

"그래, 남편을 살해했다고 하던데!"

"에이, 설마!"

부녀회장은 우리 집 아래층에 이사 온 젊은 여자가 남편을 죽인 살인자라고 떠들어댔다. 나는 말이 안 된다고 생각했고, 다른 여자들도 그럴 리 없다고 부녀회장의 말을 일축해버렸다.

그런데 며칠 후 엘리베이터 안에서 우연히 아랫집 여자를 만났다. 부녀회장의 말은 전혀 믿지 않았는데, 왠지 음산한 분위기의 여자를 보니 살짝 의심도 들었다. 워낙 호기심이 많고 담력이 센 나이기에 한번 친하게 지내면서 이 여자를 알고 싶다는 생각도 들었다. 유심히 살펴보니 여자의 비닐가방 안에 운동복이 들어 있었다.

"저…… 헬스클럽 다니세요?"

"네, 아파트 상가에 있는 곳에 다니고 있어요."

"어머, 그래요? 나도 거기 등록할 생각이었는데."

나는 그때부터 아래층 여자와 함께 헬스클럽에 다니기 시작했다. 우리는 금방 친해졌다. 그리고 마침내 그녀의 집에 초대를 받게 되었다.

여자의 집에 가보니 그녀는 신기한 물건을 많이 수집하는 수집가였다. 그녀의 방에는 도자기, 미술작품, 목재그릇, 새장, 엔틱 가구 등이 즐비했다. 그녀는 세계 곳곳을 여행하며 골동품이고 뭐고 마음에 드는 것이 있으면 꼭 구입을 해야 직성이 풀린다고 했다. 그 집에 있는 오색찬란하고 신기한 물건들 덕에 눈이 즐거웠다. 그런데 그때 방구석에 있던 동물들의 박제 품들이 눈에 들어왔다. 그 옆에는 여러 부위의 인체도 죽 늘어서 있었다.

순간 당황스러움을 감출 수 없었다. 살갗이 벗겨져 검붉은 채로 말라 비틀어져 있는 것들도 있었고 새하얀 피부 그대로 유지된 것들도 있었다.

"아니, 저건 뭐예요?"

내 눈에 확 들어온 것은 목이 잘려나간 사람의 머리였다. 분명 인형일 것이라고 생각했지만, 굉장히 정교해서 마치 실제 사람의 것이 아닐까 싶었다.

"정말 사람 같군요. 요즘은 못 만드는 게 없다니까요. 이런 것들은 꽤 고가일 텐데, 놀랍네요."

내 말에 그녀는 활짝 웃으며 대답했다.

"글쎄요, 여기엔 만들어진 것도 있지만 그렇지 않은 것도 몇 개 있어요."

그녀는 애매한 답변으로 얼버무렸다. 나는 그 말에 왠지 섬뜩했다. 무섭고 떨리는 마음을 감추기 위해 일부러 담담한 척하며 물었다.

"근데 저 사람 머리는 왜 무거운 쇠사슬로 묶어 놨죠? 그냥

줄에 달아놓으면 될 텐데요."

"줄에 매달아 놓으면 없어지곤 하니까, 쇠사슬로 묶어놔야
안전하죠."

나는 그녀가 농담을 한다고 생각했다. 우리는 조금 더 대화
를 나누다가 헤어졌다. 아무리 겁이 없는 나였지만 다시는 그
녀의 집에 가고 싶지 않았다.

다음 날 집에서 청소를 하고 있는데 경찰이 찾아왔다. 경찰
은 아랫집 여자가 살해되었다고 말했다.

"아주머니, 아랫집 여자가 어제 살해당했는데 함께 있지 않
았나요? 그 여자의 집에서 아주머니 지문과 머리카락이 나왔
습니다."

나는 떨리는 몸을 진정시키며 경찰들과 함께 그녀의 시체가
있는 영안실로 갔다. 시체는 끔찍했다. 마치 영화 〈양들의 침
묵〉에서처럼 누군가에게 얼굴이 물어 뜯겨 형체를 알아볼 수
없을 만큼 온통 피범벅이었다. 그런데 입속에 이상한 것이 있
었다.

"이건 뭐지?"

자세히 들여다보니 죽은 그녀의 입술이 살짝 벌어져 있었는
데 그 안에 사람의 검붉은 윗입술이 들어 있었다. 누군가의 입

술을 물어뜯고 입에 문 채로 숨을 거둔 것 같았다. 그 찰나 나
는 그녀의 집에 걸려 있던 사람 머리가 떠올랐다. 그리고 쇠사
슬에 묶어 놓아야 안전하다는 그녀의 말도 생각이 났다.

"저, 그 사람 집에 다시 가보면 안 될까요? 확인하고 싶은 게
있어서요."

나는 경찰들을 데리고 아랫집 여자의 집으로 향했다. 그리
고 수집품들이 모여 있는 방으로 들어갔다. 어제 봤던 수집품
들이 모두 그대로 놓여 있었다. 사람 머리도 그 자리에 그대로
있었다.

"으악!"

그런데 좀 더 다가가서 사람 머리를 자세히
들여다본 나는 그만 외마디 비명을 지르고 말
았다.

사람 머리의 윗입술이
누가 물어뜯은 듯이 뜯겨
져 있었고, 목은 쇠사슬
대신 헐거운 끈으로 묶여
있었던 것이다.

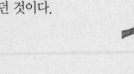

추락의 비밀

대학을 졸업한 지도 벌써 다섯 달째가 되었건만, 나는 여전히 백수생활에서 벗어나지 못하고 있다. 하지만 나에게는 꿈이 있다. 바로 유명한 사진작가가 되는 것이다. 그래서 요즘은 매일 밖에서 사진 찍는 일에 전념하여 공모전에 출품할 사진을 준비 중이다.

나는 도심에서 조금 떨어져 산의 능선을 끼고 지어진 아파트에 살고 있다. 이 아파트는 조경이 매우 좋기 때문에 날로 집값이 치솟고 있다. 그 영향인지 아파트 맞은편에 있는 능선을 밀어버리고 아파트 한 동을 더 짓는다는 이야기도 나왔다. 한편에서는 산을 밀어버리면 조경이 파괴된다느니, 가시거리가 좁고 짧아진다느니 하며 반대하는 사람들도 생겼다.

나는 산을 없애는 데 반대하는 사람 중 하나였다. 우리 집 창문을 열면 산의 능선이 굉장히 아름다워서 사진 찍기에는 그만이었기 때문이다.

반대하는 사람 중에는 1층에 사는 노부부도 있었는데, 그들이 반대하는 이유가 좀 유별났다. 그 산에 도깨비굴이 있어서 그걸 밀어버리면 천벌을 받는다는 것이었다. 두 사람은 목에 핏대를 세워가며 아파트 세우는 걸 반대했다. 그러나 요즘 세상에 그 누가 도깨비 따위를 믿겠는가?

결국 아파트가 착공되기 시작했다. 그런데 기본골조가 다 나올 무렵 인부 한 명이 건물에서 떨어져 죽는 사고가 발생했다. 그것도 깊게 파놓은 흙구덩이로 머리부터 떨어져 처박히고 말았다. 그러나 공사는 계속되었고, 이후로 그런 사고는 더 이상 없었다.

마침내 아파트는 다 지어졌다. 아파트가 지어진 후 우리 집 창에서 바라보는 풍경은 삭막하기만 했다. 새로 지어진 아파트를 바라보고 있노라면 어딘지 모르게 음침하고 싸늘한 느낌이 들었다.

한번은 맞은편 아파트를 사진기로 찍어보았다. 신기하게도 내 느낌이 사진에서도 그대로 드러났다. 현상해보니 사진은 어둠과 결핍, 전쟁, 기아와 같은 주제에 어울릴 법한 매력이 있었다. 나는 그 아파트를 배경으로 여러 앵글로 사진을 찍었다.

아파트를 다 짓고 1년 정도 지났을까? 그 동에 살던 어느 아줌마가 자신의 아이를 안고 투신자살을 하는 끔찍한 사건이 벌어졌다. 그 일로 인해 아파트 단지가 굉장히 시끄러웠다. 하지만 그 소란은 시간이 지나자 조금씩 잠잠해졌다. 그러나 얼마 지나지 않아 또다른 사건이 벌어졌다. 그 아파트에 사는 여고생이 투신자살을 한 것이다.

그 일로 인해 아파트 단지는 공포에 휩싸여 갔다. 우려의 목소리도 들렸다.

"혹시 1층 노부부가 말한 거랑 관련 있는 거 아니야."

"21세기에 웬 도깨비타령이냐며 웃어넘겼는데, 이런 일들이 벌어지고 나니까 왠지 찜찜하네."

나 역시 노부부가 했던 말이 신경이 쓰이기 시작했다.

며칠 후 아파트에 사는 사법고시생이 사고로 옥상에서 떨어져 죽는 사건이 벌어진 뒤로 사람들은 서둘러 하나둘 이사를 가기 시작했다. 그 아파트뿐 만이 아니었다. 단지 내의 주민들이 동요하기 시작했다.

나는 벌어진 사건들을 곰곰이 생각해보았다. 죽은 사람들은 모두 위에서 아래로 떨어졌다. 특별한 것 없는 사실이었지만 나는 어쩌면 평범한 이 사실에서 사건의 열쇠가 있지 않을까 생각했다.

어느 날, 나는 카메라를 들고 그 저주받은 아파트의 옥상으로 올라가 보았다. 옥상에 뭔가 비밀이 숨겨져 있을 것 같다는 느낌이 들었다.

옥상에 올라가서 까마득한 아래를 내려다보니 섬뜩하고 무서웠다. 게다가 계속 바라보고 있자니 뭔가 밑에서 나를 끌어당기고 있는 것 같은 느낌이 들었다. 나는 얼른 정신을 차리고 서둘러 내려왔다. 내려오기 전에 아래를 향해 수직으로 앵글을 잡고 사진을 한 장 찍었다.

그런데 며칠 후 현상소에서 찾아온 사진을 꺼내보다가 나는 그 자리에서 자지러지고 말았다. 앞 동 옥상에서 내려다보듯 찍은 그 사진 속에는 1층에 살던 노부부가 옥상을 향해 입을 쩍 벌리고 붉은 피를 흘리며 서 있는 것이 아닌가!

마치 내가 떨어져 내리기를 기다리는 것처럼 말이다.

잃어버린 핸드폰

나의 23번째 생일날이었다. 고등학교 동창들이 나를 축하해
주기 위해 모였다. 오랜만에 만난 우리는 홍대 앞에 모여 무려
4차까지 술자리를 이동하며 신나게 놀았다. 술에 취할 대로 취
한 나는 자리에서 일어날 수 없는 상태가 되었다.

"어유, 너 왜 이렇게 많이 마셨냐?"

"참나, 너희가 먹인 거잖아!"

"먹인다고 그걸 다 먹냐? 암튼 너 오늘은 이만 가는 게 좋겠
다."

친구들은 취한 나를 택시에 태워 보냈다. 발달된 귀소본능
덕에 나는 자취방에 돌아왔고, 현관문을 열자마자 쓰러졌다.
너무 많이 취해서 그 이후 자취방에서 정확히 무슨 일을 했는

지 기억이 나지 않는다.

다음 날 깨어 보니, 나는 침대 위에 속옷만 입은 채로 엎드려 있었다. 속이 너무 쓰렸다. 숙취를 해소하려고 집 앞에 있는 해장국집에 가려고 옷을 챙겨 입었다. 지갑을 들고 나가려는데 휴대전화를 깜박 잊고 안 챙겨서 다시 들어왔다. 그런데 아무리 찾아봐도 휴대전화가 보이지 않았다. 침대 이불을 들춰 보고 화장실에 들어가 찾아보았다.

'분명히 집에 가지고 온 것 같은데…….'

중고인 데다 워낙 싸게 사서 잃어버리는 것이 아깝진 않았지만, 누가 사용해서 요금이 나오면 안 될 일이었다. 일단 어제 만났던 친구들 중 한 명에게 공중전화로 전화를 걸었다.

"어제 내 핸드폰 못 봤냐?"

"성민이가 가방에 넣어놨을 텐데……. 맞다! 너 택시 타고 가면서 미연이한테 전화로 술주정했다며? 미연이가 그러더라. 그럼 전화하고 택시에 두고 내린 거 아냐? 네 핸드폰에 전화해 봤어? 일단 전화해봐! 혹시 택시기사가 가지고 있을지도 모르겠네."

아무리 생각해봐도 미연이에게 전화한 기억이 나지 않았다.

'어제 단단히 취했었나 보군. 그나저나 내 핸드폰에 전화부

226

터 해봐야겠는걸?'

다시 수화기를 들고 내 휴대전화에 전화를 걸었다.

"뚜~ 뚜~ 뚜~"

컬러링 없이 신호음을 듣고 있으니 지루했다. 나중에 다시 해야겠다고 생각하고 수화기를 내려놓으려는 순간, 수화기에 서 사람의 목소리가 흘러나왔다.

"네."

나는 급히 전화기를 입에 대고 말했다.

"저, 그 핸드폰 주인인데요. 혹시 핸드폰 주우신 거 맞으세요?"

"네."

"죄송하지만 핸드폰 돌려받으려고 하는데 언제 시간이 괜찮으시겠어요?"

"네."

"저기, 언제 시간이 되시냐고요."

"네."

그 사람은 계속 장난치듯 "네"라고 대답했다. 나는 그 사람의 태도를 바꾸기 위해 사례를 원하면 조금이나마 돈을 지불하겠다고 했다. 하지만 돌아오는 대답은 똑같았다.

"네."

"지금 저랑 장난하시는 겁니까?"

"네."

나는 화가 나서 전화를 확 끊어버렸다. 어차피 비싸게 주고
산 것도 아니었기 때문에 아까울 것도 없었다.

'일단 해장국이나 먹고 속부터 풀자.'

이렇게 생각하니 마음이 편해졌다. 그리고 휴대전화를 정지
시키는 것도 잊고 저녁까지 잠에 취해 있었다. 그런데 어둠이
자취방에 짙게 깔려 있을 때쯤 휴대전화 진동 소리에 잠에서
깨어났다. 진동 소리는 아주 가까운 곳에서 들렸다.

'이상하네? 핸드폰 진동 소리가 왜 내 방에서 들리지?'

나는 전화기를 찾기 위해 불을 켜고 소리가 나는 곳으로 몸
을 움직였다. 그렇지만 아무리 찾아도 휴대전화는 보이지 않았
다. 자세히 귀 기울여보니 휴대전화가 침대 밑에서 울리는 것
이 느껴졌다.

"여보세요!"

서둘러 전화를 받았더니 어제 만났던 친구의 전화였다. 잘
들어갔느냐는 안부 전화였다. 전화를 끊자마자 나는 온몸에 소
름이 끼쳐서 주저앉고 말았다.

'핸드폰이 집에 있다니……. 그럼 낮에 내 전화를 받은 그 목소리의 주인공은 대체 누구지?'

저승사자가 키우는 것

잘나가던 아버지의 사업이 실패했다. 우리 가족은 이름도 알 수 없는 산동네로 이사하게 되었다. 엄마는 식당일을 하고, 아버지는 작은 공장에 들어가 매일 야근하다시피 일을 했다. 부모님은 늦게까지 일하다가 한밤중이 되어서야 들어왔다. 빚 갚을 때까지는 그렇게 매일 늦게까지 일하지 않으면 안 된다고 했다. 일곱 살짜리 동생과 나는 매일 밤, 엄마와 아빠를 기다리다 잠이 들었다.

그런데 이사하고 며칠 되지 않고서부터였다. 집 안에서 조금 이상하다 싶은 일들이 일어났다. 갑자기 대문이 열리기도 하고, 한밤에 누군가 마당에서 노래를 부르는 소리가 들렸다. 문을 열어보면 소리가 뚝 끊겼다. 처음에는 우리가 잘못 들은 줄 알았다. 그런데 그 소리는 점점 선명해지고 잦아졌다.

동생과 나는 엄마, 아빠가 없는 밤마다 무서워서 잔뜩 웅크리고 있었다. 나는 겁에 질려 울며 칭얼대는 동생을 다독여서 잠을 재우기도 했다. 그래도 형이라고 억지로라도 참으려고 했지만, 동생이 잠이 들면 나 혼자 깨어 있다는 사실에 더욱 겁이 났다.

나는 어렸지만, 집안 사정을 알았기에 동생에게 입단속을 시키고, 부모님 앞에서 내색하지 않았다. 하지만 도저히 참을 수 없어 엄마에게 이야기했다.

"그래, 알았다. 조금만 참아봐. 별일 없을 거야. 무서워하면 더 무서운 법이다."

내가 아무리 이야기해봤자 엄마나 아빠가 일을 일찍 끝내고 올 수 있는 형편이 아니었다.

시간이 흐를수록 오싹한 일들은 점점 심해졌다. 누군가 대문을 두드리고, 창문을 거칠게 두드렸다. 매일 밤마다 그 일을 겪다 보니 나는 무서움을 참고 달려나가 보기도 했다. 하지만 거짓말처럼 집 안은 고요하기만 했다.

그러던 어느 날, 학교 운동장에서 늦게까지 동생과 놀다가 집에 돌아오는 길이었다. 학교 울타리 곁에 서 있는 큰 느티나

무 아래서 낑낑거리고 있는 하얀색 강아지를 발견했다. 꼬질꼬질하고 지저분한 모습을 보아하니 주인 없는 개 같았다. 가까이서 본 강아지는 생각보다 귀여웠다. 강아지는 꼬리를 흔들며 동생 손을 핥기도 하고 우리를 반가워했다. 어둑해질 때가 되어서 강아지를 두고 올 수가 없었다. 우리는 강아지를 품에 안고 집으로 돌아왔다.

그런데 대문을 막 들어서자마자 강아지는 미친 듯이 짖어대기 시작했다. 온순하고 착한 모습은 온데간데없이 품을 빠져나가더니 허공에 대고 짖어댔다. 나는 붙잡아 조용히 시키려고 했지만, 강아지는 재빠르게 나를 피해 마당 여기저기를 뛰어다니며 짖어대기를 멈추지 않았다. 하는 수 없이 우리는 마당에 강아지를 두고 방 안으로 들어왔다.

얼마 지나지 않아 마당에서 찢어질 듯한 날카로운 비명이 들렸다. 깜짝 놀란 우리는 방문을 열어 보았다. 흰 강아지가 입에 뱀을 물고 마당 한가운데에 앉아 있었다.

나는 개가 물어 죽인 뱀 시체를 빗자루로 툭툭 쳐서 마당 가장자리로 치웠다. 때마침 아버지가 들어오셨다. 아버지는 우리가 너무 무서워해서 강아지라도 한 마리 데리고 오려고 했는데, 잘되었다면서 주워 온 강아지를 집에 둬도 괜찮다고 했다.

뒤이어 엄마가 들어왔다. 엄마는 자초지종을 듣고는 깜짝 놀랐다. 엄마는 나에게 참으라고 말했으면서도, 한편으로는 너무 걱정이 되어 점집에 들렀다고 한다. 점쟁이가 말하기를 우리 집 앞마당에 여자 귀신이 있는데 아이들이 들어와 장난 치고 시끄럽게 굴어서 해코지를 하는 중이라는 것이었다. 엄마는 부적이라도 붙여야 하는지 물었는데, 점쟁이는 조만간에 복덩이 하나가 저절로 들어와 그 여자 귀신을 쫓아낼 것이라고 했다고 한다. 그것이 무엇이냐고 엄마가 묻자 점쟁이는 "하찮아 보여도 그놈은 저승사자가 키우는 것이니 잘 대해줘"라고 했다는 것이다.

신기하게도 우리 집에 흰 강아지가 들어오고 나서부터 이상한 일들은 더 이상 벌어지지 않았다. 또한 빚도 나날이 갚아나가고 우리는 조금 더 좋은 집으로 이사할 수 있게 되었다. 흰 강아지는 몇 년을 더 우리와 살다가 세상을 떠났다.

엘리베이터 문 틈 사이로

200대 1의 경쟁률을 뚫고 선영은 신문사의 기자가 되었다. 기자가 되었다는 긍지와 자부심으로 취재에 열정을 다하고 있던 수습시절, 선영은 한 아파트의 막바지 건설현장에 투입되었다. 그 아파트를 짓는 건설회사의 비리에 관한 취재가 목적이었다.

선영은 건설현장을 꼼꼼히 체크했다. 그리고 페인트칠만 남겨놓은 A동의 건물 옥상에 올라가기 위해 엘리베이터를 탔다. 신축건물답게 첨단시설을 갖추었지만 청소를 안 해서인지 시멘트 가루와 박스가 이리저리 나뒹굴었다. 엘리베이터는 빠른 속도로 올라갔다. 그런데 13층에서 엘리베이터가 멈췄다.

'무슨 일이지?'

선영은 당황하지 않으려 했지만 초보기자여서 대처능력이 부족했다. 안절부절못하다가 비상 버튼을 눌렀다.

"거기 누구 없어요? 지금 A동 엘리베이터에 갇혔어요!"

"박 씨, 뭐 즐거운 일 있나?"

엉뚱한 대답이 흘러나왔다. 경비실에 사람이 있는 듯했으나 비상벨 소리를 듣지 못한 것 같아 다시 비상벨을 누르고 도움을 요청했다.

"아무도 없어요? 지금 엘리베이터에 갇혔다고요!"

경비실에서는 여전히 선영의 말을 듣지 못했는지 엉뚱한 소리만 들려왔다.

A동은 내장재 공사가 끝났기 때문에 작업인부들이나 간부들 모두 발길이 끊긴 상태였다. 건물로 사람들이 들어설 일은 거의 없었다. 선영은 일단 정신을 가다듬고 안정을 찾기로 했다. 마음을 진정시키니 다른 방법이 생각났다. 평소라면 당연히 생각했을 일이었다.

'아참! 휴대전화가 있었지. 왜 이 생각을 못 했을까?'

선영은 자신의 머리를 오른손으로 가볍게 때리며 자책했다. 그리고 가방 속에서 휴대전화를 찾아 꺼냈다. 배터리 표시등이 깜박거리고 있었다. 통화버튼을 눌렀다.

"뚜~ 뚜~"

신호음이 몇 번 울리면서 친구가 전화를 받았으나 그와 동시에 배터리가 바닥이 났다.

'하필 이런 날 배터리 여분을 안 가져오다니……'

선영은 엘리베이터 벽에 기대 한숨을 쉬었다. 그리고 다시 비상벨을 눌러 도움을 요청했다. 하지만 경비실에서는 여전히 비상벨 소리와 선영의 말을 듣지 못하고 있었다. 금방 나가기는 글렀다고 생각하고 바닥에 털썩 주저앉았다. 순간 감시카메라가 돌아가고 있는 것이 느껴졌다. 선영은 일어서서 감시카메라 쪽으로 얼굴을 가져갔다.

"엘리베이터에 갇혔어요!"

선영은 입 모양으로 무슨 말인지 알아들을 수 있게 입을 크게 벌려 말하고 있었다.

그렇게 1분씩 10분 간격으로 열 번이나 해봤지만 소용없었다. 아무도 선영을 구하러 오지 않았다. 선영은 다시 한 번 비상벨을 눌러 도움을 요청했지만 결과는 처음과 마찬가지였다. 13층에 반쯤 걸친 엘리베이터에서는 밖을 볼 수 있는 조그만 창으로 지는 해의 붉은 빛이 들어오고 있었다.

여름이기도 했지만 엘리베이터 안은 밀폐된 공간이어서 후

텁지근했다. 시간이 지날수록 공기가 점점 희박해지는 느낌이었다. 하지만 선영은 악조건에서도 기자정신을 잃지 않았다. 수첩과 펜을 꺼내 엘리베이터에서 일어나는 일들을 꼼꼼히 기록하기 시작했다. 주위는 점점 깊은 어둠에 잠기고 있었다.

다음 날 아침이었다. 공사 감독관이 각 동을 돌면서 이상이 없는지 확인하려고 A동 건물에 들어섰다가 13층에 엘리베이터가 멈춰 있는 것을 발견했다.

'아침부터 누가 올라갔을 리가 없는데…….'

감독관은 의아해하며 엘리베이터 버튼을 눌렀으나 작동하지 않았다. 점검반을 불러 엘리베이터 문을 열어보니 20대 후반의 여자가 쓰러져 있었다. 그리고 그 옆에는 작은 수첩 하나가 펼쳐져 있었다. 감독관이 선영을 급히 병원으로 옮겼다. 그러나 그녀는 이미 숨을 쉬지 않은 상태였다.

감독관은 숨진 선영과 함께 구급차를 타고 가며 선영이 남긴 수첩을 읽어보았다.

13층에서 엘리베이터 안에 갇히고 말았다. 감시카메라는 계속 돌아가고 있고, 인터폰을 통해 경비실에서 사람들의 웃음소리, 얘기 소리가 끊임없이 들려왔다. 하지만 아무도 나에게 관

심을 가져주지 않는다.

덥다. 갈증이 난다. 엘리베이터 안의 공기도 점점 희박해지고 있다.

이상하다. 비상 인터폰에서는 사람들의 목소리가 점점 커져간다. 너무 시끄럽다. 자기들끼리 웃고 떠들고.

그런데 나를 보고 있는 걸까? 나에 대한 얘기를 하는 것 같다. 하지만 정신이 혼미하여 잘 들리지 않는다. 아니다, 저들은 나에 대해서 말하고 있다.

무섭다! 저들은 도대체 누구지? 왜 나를 보면서 꺼내주지 않는 걸까?

"정말 이상한데?"

감독은 그 수첩 내용을 읽던 중에 고개를 갸웃거렸다.

그 공사장의 감시카메라와 비상벨은 아직 시험가동도 안 된 상황이었다. 작동되지도 않는 감시카메라, 그리고 사람도 없는 경비실에서 무슨 사람 소리가 들린다는 것인지…….

병원에 도착한 후 선영의 사인은 심장마비로 밝혀졌다. 하지만 몇 년이 지난 지금도 선영이 무슨 이유로 심장마비에 걸려 죽었는지는 여전히 밝혀지지 않았다.

끝나지 않은
무서운 이야기